心理試験

江戸川乱歩

目次

心理試験

一

蕗屋清一郎《ふきやせいいちろう》が、何故これから記すような恐ろしい悪事を思い立ったか、その動機については詳しいことはわからぬ。又たといわかったとしてもこのお話には大して関係がないのだ。彼がなかば苦学見たいなことをして、ある大学に通っていたところを見ると、学資の必要に迫られたのかとも考えられる。彼は稀《まれ》に見る秀才で、しかも非常な勉強家だったから、学資を得るために、つまらぬ内職に時を取られて、好きな読書や思索が充分出来ないのを残念に思っていたのは確かだ。だが、そのくらいの理由で、人間はあんな大罪を犯すものだろうか。恐らく彼は先天的の悪人だったのかも知れない。そして、学資ばかりでなく他のさまざまな慾望をおさえかねたのかも知れない。それはともかく、彼がそれを思いついてから、もう半年になる。その間、彼は迷いに迷い、考えに考えた挙句《あげく》、結局やっつけることに決心したのだ。

ある時、彼はふとしたことから、同級生の斎藤勇《さいとういさむ》と親しくなった。それが事の起りだった。初めはむろん何の成心《せいしん》(注1)があったわけではなかった。しかし中途から、彼はあるおぼろげな目的を抱いて斎藤に接近して行った。そして、接近して行くにしたがって、そのおぼろげな目的がだんだんはっきりして来た。

斎藤は、一年ばかり前から、山の手のある淋しい屋敷町の素人屋《しろうとや》に部屋を借りていた。その家の主は、官吏《かんり》の未亡人で、といっても、もう六十に近い老婆だったが、亡夫の残して行った数軒の借家から上がる利益で、充分生活が出来るにもかかわらず、子供を恵まれなかった彼女は、「ただもうお金がたよりだ」といって、確実な知合いに小金を貸したりして、少しずつ貯金をふやして行くのを此《こ》の上もない楽しみにしていた。斎藤に部屋を貸したのも、一つは女ばかりの暮しでは不用心だからという理由もあっただろうが、一方では、部屋代だけでも、毎月の貯金額がふえることを勘定に入れていたに相違ない。そして、彼女は、今時余り聞かぬ話だけれど、守銭奴《しゅせんど》の心理は、古今東西を通じて同じものと見えて、表面的な銀行預金のほかに、莫大《ばくだい》な現金を自宅のある秘密な場所へ、隠しているという噂《うわさ》だった。

蕗屋はこの金に誘惑を感じたのだ。あのおいぼれが、そんな大金を持っているということになんの価値がある。それを俺のような未来のある青年の学資に使用するのは、きわめて合理的なことではないか。簡単に云えば、これが彼の理論だった。そこで彼は、斎藤を通じて出来るだけ老婆についての知識を得ようとした。その大金の秘密な隠し場所を探ろうとした。しかし彼は、ある時、斎藤が偶然その隠し場所を発見したということを聞くまでは、別に確定的な考えを持っていたわけでもなかった。

「君、あの婆《ばあ》さんにしては感心な思いつきだよ、大抵、縁の下とか、天井裏とか、金の隠し場所なんてきまっているものだが、婆さんのはちょっと意外な所なのだよ。あの奥座敷の床の間に、大きな松の植木鉢が置いてあるだろう。あの植木鉢の底なんだよ。その隠し場所がさ。どんな泥棒だってまさか植木鉢に金が隠してあろうとは気づくまいからね。婆さんは、まあ云って見れば、守銭奴の天才なんだね」

その時、斎藤はこう云って面白そうに笑った。

それ以来、蕗屋の考えは少しずつ具体的になって行った。老婆の金を自分の学資に振替える経路の一つ一つについて、あらゆる可能性を勘定に入れた上、最も安全な方法を考え出そうとした。それは予想以上に困難な仕事だった。これに比べれば、どんな複雑な数学の問題だって、なんでもなかった。彼は先にも云ったように、その考えを纏《まと》めるだけのために半年をついやしたのだ。

難点は、云うまでもなく、如何《いか》にして刑罰を免れるかということにあった。倫理上の障礙《しょうがい》、即ち良心の呵責《かしゃく》というようなことは、彼にはさして問題ではなかった。彼はナポレオンの大掛りな殺人を罪悪とは考えないで、むしろ讃美《さんび》すると同じように、才能のある青年が、その才能を育てるために棺桶《かんおけ》に片足ふみ込んだおいぼれを、犠牲に供することを、当然だと思った。

老婆は滅多《めった》に外出しなかった。終日黙々として奥の座敷に丸くなっていた。たまに外出することがあっても、留守中は、田舎者の女中が彼女の命を受けて正直に見張り番を勤めた。蕗屋のあらゆる苦心にもかかわらず、老婆の用心には少しの隙《すき》もなかった。老婆と斎藤のいない時を見はからって、この女中を騙《だま》して使いに出すか何かして、その隙に例の金を植木鉢から盗み出したらと、蕗屋は最初そんなふうに考えて見た。しかしそれは甚《はなは》だ無分別な考えだった。たとい少しのあいだでも、あの家にただ一人でいたことがわかっては、もうそれだけで充分嫌疑をかけられるではないか。彼はこの種のさまざまな愚《おろか》な方法を、考えては打ち消し、考えては打ち消すのに、たっぷり一カ月をついやした。それは例えば、斎藤か女中か又は普通の泥棒が盗んだと見せかけるトリックだとか、女中一人の時に、少しも音を立てないで忍び込んで、彼女の目にふれないように盗み出す方法だとか、夜中、老婆の眠っている間に仕事をする方法だとか、その他考え得るあらゆる場合を彼は考えた。しかし、どれにもこれにも、発覚の可能性が多分に含まれていた。

どうしても老婆をやっつけるほかはない。彼はついにこの恐ろしい結論に達した。老婆の金がどれほどあるかよくは分らぬけれど、いろいろの点から考えて、殺人の危険を冒してまで執着するほど大した金額だとは思われぬ。たかの知れた金のために、なんの罪もない一人の人間を殺してしまうというのは余りに残酷過ぎはしないか。しかし、たといそれが世間の標準から見ては、大した金額でなくとも、貧乏な蕗屋には充分満足出来るのだ。のみならず、彼の考えによれば、問題は金額の多少ではなくて、ただ犯罪の発覚を絶対に不可能ならしめることだった。そのためには、どんな大きな犠牲を払っても少しも差支《さしつか》えないのだ。

殺人は、一見、単なる窃盗《せっとう》よりは幾層倍も危険な仕事のように見える。だが、それは一種の錯覚に過ぎないのだ。成るほど、発覚することを予想してやる仕事なれば殺人はあらゆる犯罪の中で最も危険に相違ない。しかし、若《も》し犯罪の軽重よりも、発覚の難易を目安にして考えたならば、場合によっては(例えば蕗屋の場合の如きは)むしろ窃盗の方が危ない仕事なのだ。これに反して、悪事の発見者をバラしてしまう方法は、残酷な代りに心配がない。昔からえらい悪人は、平気でズバリズバリと人殺しをやっている。彼らがなかなかつかまらぬのは、かえってこの大胆な殺人のお蔭《かげ》なのではなかろうか。

では老婆をやっつけるとして、それに果して危険がないか。この問題にぶっつかってから、蕗屋は数カ月のあいだ考え通した。この長いあいだに、彼がどんなふうに考えを育てて行ったか。それは物語が進むにしたがって、読者にわかることだから、ここに省くが、ともかく、彼は、到底普通人の考え及ぶことも出来ないほど、微《び》に入り細をうがった分析並《ならび》に総合の結果、塵一《ちりひ》と筋の手抜かりもない、絶対に安全な方法を考え出したのだ。

今はただ、時機の来るのを待つばかりだ。が、それは案外早く来た。ある日、斎藤は学校関係のことで、女中は使いに出されて、二人共夕方まで決して帰宅しないことが確かめられた。それはちょうど蕗屋が最後の準備行為を終った日から二日目だった。その最後の準備行為というのは(これだけは前もって説明しておく必要がある)曾《かつ》て斎藤に例の隠し場所を聞いてから、もう半年も経過した今日、それがまだ当時のままであるかどうかを確かめるための或る行為だった。彼はその日(即ち老婆殺しの二日前)斎藤を訪ねたついでに、始めて老婆の部屋である奥座敷にはいって、彼女といろいろ世間話を取かわした。彼はその世間話を徐々に一つの方向へ落して行った。そして、しばしば老婆の財産のこと、それを彼女がどこかへ隠しているという噂のあることなぞを口にした。彼は「隠す」という言葉の出るごとに、それとなく老婆の眼を注意した。すると、彼女の眼は、彼の予期した通り、その都度、床の間の植木鉢にそっと注がれているのだ。蕗屋はそれを数回繰り返して、もはや少しも疑う余地のないことを確かめることが出来た。

二

さて、いよいよ当日である。彼は大学の制服正帽の上に学生マントを着用し、ありふれた手袋をはめて目的の場所に向った。彼は考えに考えた上、結局変装しないことにきめたのだ。若し変装をするとすれば、材料の買入れ、着換えの場所、その他さまざまの点で、犯罪発覚の手掛りを残すことになる。それはただ物事を複雑にするばかりで、少しも効果がないのだ。犯罪の方法は、発覚の虞《おそ》れのない範囲においては、出来る限り単純に且《か》つあからさまにすべきだと云うのが、彼の一種の哲学だった。要は、目的の家にはいるところを見られさえしなければいいのだ。たといその家の前を通ったことがわかっても、それは少しも差支えない。彼はよくその辺を散歩することがあるのだから、当日も散歩をしたばかりだと云い抜けることが出来る。と同時に一方において、彼が目的の家に行く途中で知合いの人に見られた場合(これはどうしても勘定に入れておかねばならぬ)妙な変装をしている方がいいか、ふだんの通り制服正帽でいる方がいいか、考えて見るまでもないことだ。犯罪の時間についても、待ちさえすれば都合よい夜が——斎藤も女中も不在の夜があることはわかっているのに、なぜ彼は危険な昼間を選んだか。これも服装の場合と同じく、犯罪から不必要な秘密性を除くためだった。

しかし目的の家の前に立った時だけは、さすがの彼も、普通の泥棒の通りに、いや恐らく彼ら以上に、ビクビクして前後左右を見廻した。老婆の家は、両隣とは生垣で境した一軒建ちで、向う側には、ある富豪の邸宅の高いコンクリート塀が、ずっと一丁も続いていた。淋しい屋敷町だから、昼間でも時々はまるで人通りのないことがある。蕗屋がそこへたどりついた時も、いいあんばいに、通りには犬の子一匹見当らなかった。彼は、普通に開けばばかにひどい金属性の音のする格子戸を、ソロリソロリと少しも音を立てないように開閉した。そして、玄関の土間から、ごく低い声で（これらは隣家への用心だ）案内を乞うた。老婆が出て来ると、彼は、斎藤のことについて少し内密に話したいことがあるという口実で、奥の間に通った。

座が定まると間もなく「あいにく女中が居りませんので」と断わりながら、老婆はお茶を汲《く》みに立った。蕗屋はそれを、今か今かと待ち構えていたのだ。彼は老婆が襖《ふすま》を開けるために少し身をかがめた時、やにわに後から抱きついて両腕を使って（手袋ははめていたけれど、なるべく指の痕《あと》をつけまいとしてだ）力まかせに首を絞めた。老婆は喉《のど》の所でグッというような音を出したばかりで大してもがきもしなかった。ただ苦しまぎれに空をつかんだ指先が、そこに立ててあった屏風《びょうぶ》に触れて、少しばかり傷をこしらえた。それは二枚折の時代のついた金屏風で、極彩色《ごくさいしき》の六歌仙《ろっかせん》(注2)が描かれていたが、そのちょうど小野の小町の顔の所が、無慙《むざん》にも一寸ばかり破れたのだ。

　老婆の息が絶えたのを見定めると、彼は死骸をそこへ横にして、ちょっと気になる様子で、その屏風の破れを眺めた。しかしよく考えて見れば、少しも心配することはない。こんなものがなんの証拠になるはずもないのだ。そこで、彼は目的の床の間へ行って、例の松の木の根元を持って、土もろともスッポリと植木鉢から引き抜いた。予期した通り、その底には油紙で包んだものが入れてあった。彼は落ちつきはらって、その包みを解いて、右のポケットから一つの新しい大型の財布を取り出し、紙幣を半分ばかり(充分五千円はあった)(注3)その中に入れると、財布を元のポケットに納め、残った紙幣は油紙に包んで前の通りに植木鉢の底へ隠した。むろん、これは金を盗んだという証跡《しょうせき》を晦《くら》ますためだ。老婆の貯金の高は、老婆自身が知っていたばかりだから、それが半分になったとて誰も疑うはずはないのだ。

　それから、彼はそこにあった座蒲団《ざぶとん》を丸めて老婆の胸にあてがい(これは血潮の飛ばぬ用心だ)左のポケットから一挺《ちょう》のジャックナイフを取り出して刃を開くと、心臓をめがけてグサッと突き刺し、グイと一つえぐっておいて引き抜いた。そして、同じ座蒲団の布でナイフの血のりを綺麗《きれい》に拭き取り、元のポケットへ納めた。彼は、絞め殺しただけでは、蘇生の虞れがあると想ったのだ。つまり昔のとどめを刺すというやつだ。では、なぜ最初から刃物を使用しなかったかというと、そうしては、ひょっとして自分の着物に血潮がかかるかも知れないことを虞れたのだ。

ここでちょっと、彼が紙幣を入れた財布と、今のジャックナイフについて説明しておかねばならぬ。彼は、それらを、この目的だけに使うために、ある縁日の露店で買い求めたのだ。彼はその縁日の最も賑う時分を見計らって、最も客のこんでいる店を選び、正札通りの小銭を投げ出して、品物を取ると、商人はもちろん、沢山《たくさん》の客たちも、彼の顔を記憶する暇がなかったほど、非常にす早く姿を晦ました。そして、この品物は両方とも、ごくありふれた、なんの目印もあり得ないようなものだった。

さて、蕗屋は、充分注意して少しも手掛りが残っていないのを確かめた後、襖のしまりも忘れないで、ゆっくりと玄関へ出て来た。彼はそこで靴の紐を締めながら、足跡のことを考えて見た。だが、その点は更《さ》らに心配がなかった。玄関の土間は堅い漆《しっ》喰《くい》だし、表の通りは天気続きでカラカラに乾いていた。あとにはもう、格子戸を開けて表へ出ることが残っているばかりだ。だが、ここでしくじるようなことがあっては、すべての苦心が水の泡だ。彼はじっと耳を澄まして辛抱強く表通りの足音を聞こうとした。……しんとして何の気はいもない。どこかの家で琴を弾じる音がコロリンシャンと至極のどかに聞こえているばかりだ。彼は思い切って、静かに格子戸を開けた。そして、何気なく、今暇《いとま》をつげたお客様だというような顔をして、往来へ出た。案《あん》の定《じょう》そこには人影もなかった。

その一劃《いっかく》はどの通りも淋しい屋敷町だった。老婆の家から四、五丁隔《へだ》たった所に、何かの社《やしろ》の古い石垣が往来に面してずっと続いていた。蕗屋は、誰も見ていないのを確かめた上、そこの石垣の隙間から兇器のジャックナイフと血のついた手袋とを落し込んだ。そして、いつも散歩の時には立ち寄ることにしていた、附近の小さい公園を目ざしてブラブラと歩いて行った。彼は公園のベンチに腰をかけ、子供たちがブランコに乗って遊んでいるのを、如何にも長閑《のどか》な顔をして眺めながら、長い時間を過ごした。

帰りがけに、彼は警察署へ立ち寄った。そして、

「今しがた、この財布を拾ったのです。百円札がいっぱいはいっているようですから、お届けします」

と云いながら、例の財布をさし出した。彼は巡査の質問に答えて、拾った場所と時間と（もちろんそれは可能性のある出鱈目《でたらめ》なのだ）自分の住所姓名と（これはほんとうの）を答えた。そして、印刷した紙に彼の姓名や金額などを書き入れた受取証みた

いなものを貰《もら》った。なるほど、これは非常に迂遠《うえん》な方法には相違ない。しかし安全という点では最上だ。老婆の金は（半分になったことは誰も知らない）ちゃんと元の場所にあるのだから、この財布の遺失主は絶対に出るはずがない。一年の後には間違いなく蕗屋の手に落ちるのだ。そして、誰憚《はばか》らず大っぴらに使えるのだ。彼は考え抜いた揚句この手段を採った。若しこれをどこかへ隠しておくとすると、どうした偶然から他人に横取りされないものでもない。自分で持っているか。それはもう考えるまでもなく危険なことだ。のみならず、この方法によれば万一老婆が紙幣の番号を控えていたとしても少しも心配がないのだ。（もっともこの点は出来るだけ探って、大体安心はしていたけれど）

「まさか、自分の盗んだ品物を警察へ届けるやつがあろうとは、ほんとうにお釈迦《しゃか》様でも御存じあるまいよ」

　彼は笑いをかみ殺しながら、心の中でつぶやいた。

　翌日、蕗屋は、下宿の一室で、常と変らぬ安眠から目覚めると、欠伸《あくび》をしながら、枕元に配達されていた新聞をひろげて、社会面を見渡した。彼はそこに意外な事実を発見してちょっと驚いた。だが、それは決して心配するような事柄ではなく、かえって彼のためには予期しない仕合せだった。というのは、友人の斎藤が嫌疑者として挙げられたのだ。嫌疑を受けた理由は、彼が身分不相応の大金を所持していたからだと記してある。

「俺は斎藤の最も親しい友達なのだから、ここで警察へ出頭して、いろいろ問い糺《ただ》すのが自然だな」

蕗屋はさっそく着物を着更えると、あわてて警察署へ出掛けた。それは彼が昨日財布を届けたのと同じ役所だ。なぜ財布を届けるのを管轄《かんかつ》の違う警察にしなかったか。いやそれとても亦《また》、彼一流の無技巧主義でわざとしたことなのだ。彼は過不足のない程度に心配そうな顔をして、斎藤に逢わせてくれと頼んだ。しかし、それは予期した通り許されなかった。そこで、彼は斎藤が嫌疑を受けたわけをいろいろと問い糺して、ある程度まで事実を明かにすることが出来た。

蕗屋は次のように想像した。

昨日、斎藤は女中よりも先に家へ帰った。それは蕗屋が目的を果して立ち去ると間もなくだった。そして、当然老婆の死骸を発見した。しかし、直ちに警察に届ける前に、彼はあることを思いついたに相違ない。というのは、例の植木鉢だ。若しこれが盗賊の仕業なれば、或いはあの中の金がなくなってはしないか。多分それは、ちょっとした好奇心からだったろう。彼はそこを検《しら》べて見た。ところが案外にも金の包みがちゃんとあったのだ。それを見て斎藤が悪心を起したのは、実に浅はかな考えではあるが、無理もないことだ。その隠し場所は誰も知らないこと、老婆を殺した犯人が盗んだという解釈が下されるに違いないこと。こうした事情は、誰にしても避けがたい強い誘惑に相違ない。それから彼はどうしたか。警察の話では、何食わぬ顔をして人殺しのあったことを警察へ届け出たということだ。ところが、なんという無分別な男だ。彼は盗んだ金を腹巻のあいだへ入れたまま平気でいたのだ。まさかその場で身体検査をされようとは想像しなかったと見える。

「だが、待てよ。斎藤はいったいどういうふうに弁解するだろう。次第によっては危険なことになりはしないかな」蕗屋はそれをいろいろと考えて見た。「彼は金を見つけられた時、『自分のだ』と答えたかも知れない。なるほど老婆の財産の多寡《たか》や隠し場所は誰も知らないのだから、一応はその弁明も成立つであろう。しかし、金額が余り多すぎるではないか。で、結局彼は事実を申立てることになるだろう。でも、裁判所がそれを承認するかな。ほかに嫌疑者が出ればともかく、それまでは彼を無罪にすることは先《ま》ずあるまい。うまく行けば彼が殺人罪に問われるかも知れたものではない。そうなればしめたものだが、……ところで、裁判官が彼を問い詰めて行くうちに、いろいろな事実がわかって来るだろうな。例えば、彼が金の隠し場所を発見した時に俺に話したことだとか、兇行の二日前に俺が老婆の部屋にはいって話し込んだことだとか、さては、俺が貧乏で学資にも困っていることだとか」

しかし、それらは皆、蕗屋がこの計画を立てる前にあらかじめ勘定に入れておいたことばかりだった。そして、どんなに考えても、斎藤の口からそれ以上彼にとって不利な事実が引き出されようとは考えられなかった。

蕗屋は警察から帰ると、遅れた朝食をしたためて（その時食事を運んで来た女中に事件について話して聞かせたりした）いつもの通り学校へ出た。学校では斎藤の噂で持ち切りだった。彼はなかば得意げにその噂話の中心になって喋《しゃべ》った。

三

さて読者諸君、探偵小説というものの性質に通暁《つうぎょう》せられる諸君は、お話は決してこれきりで終らぬことを百もご承知であろう。如何にもその通りである。実を云えば、ここまではこの物語の前提に過ぎないので、作者が是非、諸君に読んでもらいたいと思うのは、これから後なのである。つまりかくも企んだ蕗屋の犯罪が如何にして発覚したかという、そのいきさつについてである。

この事件を担当した予審判事(注4)は有名な笠森《かさもり》氏であった。彼は普通の意味で名判官だったばかりでなく、ある多少風変りな趣味を持っているので一層有名だった。それは彼が一種の素人心理学者だったことで、彼は普通のやり方ではどうにも判断の下しようがない事件に対しては、最後に、その豊富な心理学上の知識を利用して、しばしば奏功《そうこう》した。彼は経歴こそ浅く、年こそ若かったけれど、地方裁判所の一予審判事としては、勿体《もったい》ないほどの俊才だった。今度の老婆殺し事件も、笠森判事の手にかかれば、もう訳なく解決することと、誰しも考えていた。当の笠森氏自身も同じように考えた。いつものように、この事件も、予審廷ですっかり調べ上げて、公判の場合にはいささかの面倒も残らぬように処理してやろうと思っていた。

ところが、取調べを進めるにしたがって、事件の困難なことがだんだんわかって来た。警察側は単純に斎藤勇の有罪を主張した。笠森判事とても、その主張に一理あることを認めないではなかった。というのは、生前老婆の家に出入りした形跡のある者は、彼女の債務者であろうが、借家人であろうが、単なる知合いであろうが、残らず召喚して綿密に取調べたにもかかわらず、一人として疑わしい者はないのだ（蕗屋清一郎ももちろんそのうちの一人だった）。ほかに嫌疑者が現われぬ以上、さしずめ最も疑うべき斎藤勇を犯人と判断するほかはない。のみならず、斎藤にとって最も不利だったのは、彼が生来気の弱い質《たち》で、一も二もなく法廷の空気に恐れをなしてしまって、訊問に対してもハキハキ答弁の出来なかったことだ。のぼせ上がった彼はしばしば以前の陳述を取消したり、当然知っているはずの事を忘れてしまったり、云わずともの不利な申立《もうしたて》をしたり、あせればあせるほど、ますます嫌疑を深くするばかりだった。それというのも、彼には老婆の金を盗んだという弱味があったからで、それさえなければ、相当頭のいい斎藤のことだから、如何に気が弱いといって、あのようなへまな真似はしなかったであろう。彼の立場は実際同情すべきものだった。しかし、それでは斎藤を殺人犯と認めるかというと、笠森氏にはどうもその自信がなかった。そこにはただ疑いがあるばかりなのだ。本人はもちろん自白せず、外にこれという確証もなかった。

こうして、事件から一カ月が経過した。予審はまだ終結しない。判事は少しあせり出していた。ちょうどその時、老婆殺しの管轄の警察署長から、彼の所へ一つの耳よりな報告がもたらされた。それは、事件の当日五千二百何十円在中の一箇の財布が、老婆の家から程遠からぬ——町において拾得されたが、その届け主が、嫌疑者の斎藤の親友である蕗屋清一郎という学生だったことを、係の疎漏《そろう》から今日まで気づかずにいた。が、その大金の遺失者が一カ月たっても現われぬところを見ると、そこに何か意味がありはしないか。念のために御報告するということだった。

困り抜いていた笠森判事は、この報告を受け取って、一道の光明を認めたように思った。さっそく蕗屋清一郎召喚の手続が取り運ばれた。ところが、蕗屋を訊問した結果は、判事の意気込みにもかかわらず、大して得るところもないように見えた。なぜ事件の当時取調べた際、その大金拾得の事実を申立てなかったかという訊問に対して、彼は、それが殺人事件に関係あるとは思わなかったからだと答えた。この答弁には充分理由があった。老婆の財産は斎藤の腹巻から発見されたのだから、それ以外の金が、殊《こと》に往来に遺失されていた金が、老婆の財産の一部だと誰が想像しよう。

しかし、これが偶然であろうか。事件の当日、現場から余り遠くない所で、しかも第一の嫌疑者の親友である男が（斎藤の申立てによれば彼は植木鉢の隠し場所をも知っているのだ）この大金を拾得したというのが、これが果して偶然であろうか。判事はそこに何かの意味を発見しようとして悶《もだ》えた。判事の最も残念に思ったのは、老婆が紙幣の番号を控えておかなかったことだ。それさえあれば、この疑わしい金が、事件に関係があるかないかも、直ちに判明するのだが。「どんな小さいことでも、何か一つ確かな手掛りを摑みさえすればなあ」判事は全才能を傾けて考えた。現場の取調べも幾度となく繰り返された。老婆の親族関係も充分調査した。しかしなんの得るところもない。そうして又半月ばかり徒《いたず》らに経過した。

たった一つの可能性は、と判事が考えた。蕗屋が老婆の貯金を半分盗んで、残りを元通りに隠しておき、盗んだ金を財布に入れて、往来で拾ったように見せかけたと推定することだ。だがそんなばかなことがあり得るだろうか。その財布もむろん検べて見たけれど、これという手掛りもない。それに、蕗屋は平気で、当日散歩のみちすがら、老婆の家の前を通ったと申立てているではないか。犯人にこんな大胆なことが云えるものだろうか。第一、最も大切な兇器の行方がわからぬ。蕗屋の下宿の家宅捜索の結果は、何物をもたらさなかったのだ。しかし、兇器のことをいえば斎藤とても同じではないか。ではいったい誰を疑ったらいいのだ。

そこには確証というものが一つもなかった。署長らの云うように、斎藤を疑えば斎藤らしくもある。だが、又、蕗屋とても疑って疑えぬことはない。ただ、わかっているのは、この一カ月半のあらゆる捜索の結果、彼ら二人を除いては、一人の嫌疑者も存在しないということだった。万策尽きた笠森判事はいよいよ奥の手を出す時だと思った。二人の嫌疑者に対して、彼の従来しばしば成功した心理試験を施そうと決心した。

四

蕗屋清一郎は、事件の二、三日後に第一回目の召喚を受けた際、係の予審判事が有名な素人心理学者の笠森氏だということを知った。そして、当時既にこの最後の場合を予想して少なからず狼狽《ろうばい》した。さすがの彼も、日本にたとい一個人の道楽気《どうらくぎ》からと云え、心理試験などというものが行なわれていようとは想像していなかった。彼は、種々の書物によって、心理試験の何物であるかを、知り過ぎるほど知っていたのだ。

この大打撃に、もはや平気を装って通学を続ける余裕を失った彼は、病気と称して下宿の一室にとじ籠《こも》った。そして、ただ、如何にしてこの難関を切り抜けるべきかを考えた。ちょうど、殺人を実行する以前にやったと同じ、或いはそれ以上の、綿密と熱心とを以《もっ》て考え続けた。

笠森判事は果してどのような心理試験を行なうであろうか。それは到底予知することが出来ない。で、蕗屋は、知っている限りの方法を思い出して、その一つ一つについて何とか対策がないものかと考えて見た。しかし、元来心理試験というものが、虚偽の中立をあばくために出来ているのだから、それを更に偽るということは、理論上不可能らしくもあった。

蕗屋の考えによれば、心理試験はその性質によって二つに大別することが出来た。一つは純然たる生理上の反応によるもの、今一つは言葉を通じて行なわれるものだ。前者は、試験者が犯罪に関連したさまざまの質問を発して、被験者の身体上の微細な反応を、適当な装置によって記録し、普通の訊問によっては到底知ることの出来ない真実を掴もうとする方法だ。それは、人間は、たとい言葉の上で、又は顔面表情の上で、嘘をついても、神経そのものの興奮は隠すことが出来ず、それが微細な肉体上の徴候として現われるものだという理論に基づくので、その方法としては例えば、automatograph(注5) 等の力を借りて、手の微細な動きを発見する方法、ある手段によって眼球の動き方を確かめる方法、pneumograph(注6) によって呼吸の深浅《しんせん》遅速《ちそく》を計る方法、sphygmograph(注7) によって脈搏《みゃくはく》の高低遅速を計る方法、plethysmograph(注8) によって四肢の血量を計る方法、galvanometer(注9) によって掌《てのひら》の微細なる発汗を発見する方法、膝の関節を軽く打って生じる筋肉の収縮の多少を見る方法、その他これらに類した種々さまざまの方法がある。

例えば、不意に「お前は老婆を殺した本人であろう」と問われた場合、彼は平気な顔で「何を証拠にそんなことをおっしゃるのです」と云い返すだけの自信はある。だが、その時不自然に脈搏が高まったり、呼吸が早くなるようなことはないだろうか。

それを防ぐことは絶対に不可能なのではあるまいか。彼はいろいろな場合を仮定して、心のうちで実験して見た。ところが、不思議なことには、自分自身で発した訊問は、それがどんなにきわどい、不意の思い付きであっても、肉体上に変化を及ぼすようには考えられなかった。むろん微細な変化を計る道具があるわけではないから、確かなことは云えぬけれど、神経の興奮そのものが感じられない以上は、その結果である肉体上の変化も起らぬはずだった。

そうして、いろいろと実験や推量を続けているうちに、蕗屋はふとある考えにぶつかった。それは、練習というものが心理試験の効果を妨げはしないか、云い換えれば、同じ質問に対しても、一回目よりは二回目が、二回目よりは三回目が、神経の反応が微弱になりはしないかということだった。つまり、慣れるということだ。これは他のいろいろの場合を考えて見てもわかる通り、ずいぶん可能性がある。自分自身の訊問に対しては反応がないというのも、結局はこれと同じ理窟《りくつ》で、訊問が発せられる以前に、すでに予期があるために相違ない。

そこで、彼は「辞林」の中の何万という単語を一つも残らず調べて見て、少しでも訊問されそうな言葉をすっかり書き抜いた。そして、一週間もかかって、それに対する神経の「練習」をやった。

さて次には、言葉を通じて試験する方法だ。これとても恐れることはない。いやむしろ、それが言葉であるだけにごまかし易いというものだ。これにはいろいろな方法があるけれど、最もよく行なわれるのは、あの精神分析家が病人を見る時に用いるのと同じ方法で、連想診断というやつだ。「障子《しょうじ》」だとか「机」だとか「インキ」だとか「ペン」だとか、なんでもない用語をいくつも順次に読み聞かせて、出来るだけ早く、少しも考えないで、それらの単語について連想した言葉を喋らせるのだ。例えば「障子」に対しては「窓」とか「敷居」とか「紙」とか「戸」とかいろいろの連想があるだろうが、どれでも構わない。その時ふと浮かんだ言葉を云わせる。そして、それらの意味のない単語の間へ「ナイフ」だとか「血」だとか「金」だとか「財布」だとか、犯罪に関係のある単語を、気づかれぬように混ぜておいて、それに対する連想を検べるのだ。

先ず第一に、最も思慮の浅い者は、この老婆殺しの事件で云えば「植木鉢」という単語に対して、うっかり「金」と答えるかも知れない。即ち「植木鉢」の底から「金」を盗んだことが最も深く印象されているからだ。そこで彼は罪状を自白したことになる。だが、少し考え深い者だったら、たとい「金」という言葉が浮かんでも、それを押し殺して、例えば「瀬戸物」と答えるだろう。

かような偽りに対して二つの方法がある。一つは、一巡試験した単語を、少し時間を置いて、もう一度繰り返すのだ。すると、自然に出た答えは多くの場合前後相違がないのに、故意に作った答えは十中八九は最初の時と違って来る。例えば「植木鉢」に対して最初は「瀬戸物」と答え、二度目は「土」と答えるようなものだ。

もう一つの方法は、問いを発してから答えを得るまでの時間を、ある装置によって精確に記録し、その遅速によって、例えば「障子」に対して「戸」と答えた時間が一秒間であったにもかかわらず「植木鉢」に対して「瀬戸物」と答えた時間が三秒間もかかったとすれば、それは「植木鉢」について最初に現われた連想を押し殺すために時間を取ったので、その被験者は怪しいということになるのだ。この時間の遅延は、当面の単語に現われないで、その次の意味のない単語に現われることもある。又、犯罪当時の状況を詳しく話して聞かせて、それを暗誦《あんしょう》させる方法もある。真実の犯人であったら、暗誦する場合に、微細な点で思わず話して聞かされたことと違った真実を口走ってしまうものなのだ。

この種の試験に対しては、前の場合と同じく「練習」が必要なのは云うまでもないが、それよりももっと大切なのは、蕗屋に云わせると、無邪気なことだ。つまらない技巧を弄しないことだ。「植木鉢」に対しては、むしろあからさまに「金」又は「松」

と答えるのが、一ばん安全な方法なのだ。というのは、蕗屋は、たとい彼が犯人でなかったにしても、判事の取調べその他によって、犯罪事実をある程度まで知っているのが当然だから、そして、植木鉢の底に金があったという事実は、最近の且つ最も深刻な印象に相違ないのだから、連想作用がそんなふうに働くのは至極あたり前ではないか。又、この手段によれば、現場の有様を暗誦させられた場合にも安全なのだ。ただ、問題は時間の点だ。これにはやはり「練習」が必要である。「植木鉢」と来たら、少しもまごつかないで、「金」又は「松」と答え得るように練習しておく必要がある。彼は更にこの「練習」のために数日をついやした。かようにして、準備はまったく整った。

彼は又、一方に於て、ある一つの有利な事情を勘定に入れていた。それを考えると、たとい、予期しない訊問に接しても、更に一歩を進めて、予期した訊問に対して不利な反応を示しても、毫《ごう》も恐れることはないのだった。というのは、試験されるのは、蕗屋一人ではないからだ。あの神経過敏な斎藤勇が、いくら身に覚えがないといっても、さまざまの訊問に対して、果して虚心平気でいることが出来るだろうか。恐らく彼とても、少くとも蕗屋と同様くらいの反応を示すのが自然ではあるまいか。

蕗屋は考えるにしたがって、だんだん安心して来た。なんだか鼻歌でも歌い出したいような気持になって来た。彼は今はかえって笑森判事の呼出しを待ち構えるようにさえなった。

五

笠森判事の心理試験が如何ように行なわれたか。それに対して、神経家の斎藤がどんな反応を示したか、蕗屋が、如何に落つきはらって試験に応じたか、ここにそれらの管々《くだくだ》しい叙述を並べ立てることを避けて、直ちにその結果に話を進めることにする。

それは心理試験の行なわれた翌日のことである。笠森判事が、自宅の書斎で、試験の結果を書きとめた書類を前にして、小首を傾けているところへ、明智小五郎《あけちこごろう》の名刺が通じられた。

「D坂の殺人事件」を読んだ人は、この明智小五郎がどんな男だかということを幾分御存じであろう。彼はその後、しばしば困難な犯罪事件に関係して、その珍しい才能を現わし、専門家たちはもちろん一般の世間からも、もう立派に認められていた。笠森氏とも、ある事件から心易くなったのだ。

女中の案内につれて、判事の書斎に、明智のニコニコした顔が現われた。このお話は「D坂の殺人事件」から数年後のことで、彼ももう昔の書生ではなくなっていた。

「御精が出ますね。

「例の老婆殺しの事件ですね。どうでした。心理試験の結果は」

明智は判事の机の上を覗《のぞ》きながら云った。

「いや、どうも、今度はまったく弱りましたよ」

判事が、来客の方に身体の向きを換えながら応じた。

明智は、事件以来、度々笠森判事に逢って詳しい事情を聞いていたのだ。

「いや、結果は明白ですがね」と判事「それがどうも、僕には何だか得心出来ないのですよ。昨日は脈搏の試験と、連想診断をやって見たのですが、蕗屋の方は殆ど反応がないのです。もっとも脈搏では大分疑わしいところもありましたが、しかし、斎藤に比べれば、問題にもならぬくらい僅《わず》かなんです。これを御覧なさい。ここに質問事項と脈搏の記録がありますよ。斎藤の方は実にいちじるしい反応を示しているでしょう。連想試験でも同じことです。この「植木鉢」という刺戟《しげき》語に対する反応時間を見てもわかりますよ。蕗屋の方はほかの無意味な言葉よりもかえって短い時間で答えているのに、斎藤の方はどうです、六秒もかかっているではありませんか」

判事が示した連想診断の記録は左の様に記されていた。

「ね、非常に明瞭でしょう」判事は明智が記録に目を通すのを待って続けた。「これ

刺戟語	蕗屋清一郎		斎藤勇	
	反応語	所要時間	反応語	所要時間
頭	毛	0.9秒	尾	1.2秒
緑	青	0.7	青	1.1
水	湯	0.9	魚	1.3
歌う	唱歌	1.1	女	1.5
長い	短い	1.0	紐	1.2
○殺す	ナイフ	0.8	犯罪	3.1
舟	川	0.9	水	2.2
窓	戸	0.8	ガラス	1.5
料理	洋食	1.0	さしみ	1.3
○金	紙幣	0.7	鉄	3.5
冷い	水	1.1	冬	2.3
病気	風邪	1.6	肺病	1.6
針	糸	1.0	糸	1.2
○松	植木	0.8	木	2.3
山	高い	0.9	川	1.4
○血	流れる	1.0	赤い	3.9
新しい	古い	0.8	着物	2.1
嫌い	蜘蛛	1.2	病気	1.1
○植木鉢	松	0.6	花	6.2
鳥	飛ぶ	0.9	カナリヤ	3.6
本	丸善	1.0	丸善	1.3
○油紙	隠す	0.8	小包	4.0
友人	斎藤	1.1	話す	1.8
純粋	理性	1.2	言葉	1.7
箱	本箱	1.0	人形	1.2
○犯罪	人殺し	0.7	警察	3.7
満足	完成	0.8	家庭	2.0
女	政治	1.0	妹	1.3
絵	屏風	0.9	景色	1.3
○盗む	金	0.7	馬	4.1

○印は犯罪に関係ある単語。実際は百位の単語が使われるし、更に、それを二組も三組も用意して、次々と試験するのだが、右の表は解り易くするために簡単にしたものである。

でみると、斎藤はいろいろ故意の細工をやっている。一ばんよくわかるのは反応時間の遅いことですが、それが問題の単語ばかりでなく、その直《す》ぐあとのや、二つ目のにまで影響しているのです。それから又『金』に対して『鉄』と云ったり『盗む』に対して『馬』といったり、可なり無理な連想をやってますよ。『植木鉢』に一ばんながくかかったのは、恐らく『金』と『松』という二つの連想を押えつけるために手間取ったのでしょう。それに反して、蕗屋の方はごく自然です。『植木鉢』に『松』だとか、『油紙』に『隠す』だとか、『犯罪』に『人殺し』だとか、若し犯人だったら是非隠さなければならないような連想を平気で、しかも短い時間に答えています。彼が人殺しの本人でいて、こんな反応を示したとすれば、よほどの低能児に違いありません。ところが、実際は彼は——大学の学生で、それになかなか秀才なのですからね」

「そんなふうにも取れますね」

明智は何か考え考え云った。しかし判事は彼の意味ありげな表情には、少しも気づかないで、話を進めた。

「ところがですね、これでもう、蕗屋の方は疑うところはないのだが、斎藤が果して犯人かどうかという点になると試験の結果はこんなにハッキリしているのに、どうも僕は確信が出来ないのですよ。何も予審で有罪にしたとて、それが最後の決定になるわけではなし、まあこのくらいでいいのですが、御承知のように僕は例のまけぬ気でね。公判で僕の考えをひっくり返されるのが癪《しゃく》なんですよ。そんなわけで実はまだ迷っている始末です」

「これを見ると、実に面白いですね」明智が記録を手にして始めた。「蕗屋も斎藤もなかなか勉強家だって云いますが『本』という単語に対して、両人とも『丸善』と答えたところなどは、よく性質が現われていますね。もっと面白いのは、蕗屋の答えは、皆どことなく物質的で、理智的なのに反して、斎藤のは如何にもやさしいところがあるじゃありませんか。叙情的ですね。例えば『女』だとか『着物』だとか『花』だとか『人形』だとか『景色』だとか『妹』だとかという答えは、どちらかと云えば、センチメンタルな弱々しい男を思わせますね。それから、斎藤はきっと病身ですよ。『嫌い』に『病気』と答え、『病気』に『肺病』と答えているじゃありませんか。平生《へいぜい》から肺病になりやしないかと恐れている証拠ですよ」

「そういう見方もありますね。連想診断てやつは、考えれば考えるだけ、いろいろ面白い判断が出て来るものですよ」

「ところで」明智は少し口調を換えて云った。「あなたは、心理試験というものの弱点について考えられたことがありますかしら。デ・キロスは心理試験の提唱者ミュンスターベルヒの考えを批評して、この方法は拷問《ごうもん》に代るべく考案されたものだけれど、その結果は、やはり拷問と同じように無辜《むこ》のものを罪に陥れ、有罪者を逸することがあるといっていますね。ミュンスターベルヒ自身も、心理試験の真の効能は、嫌疑者が、ある場所とか人とか物について、知っているかどうかを見出す場合に限って確定的だけれど、その他の場合には幾分危険だというようなことを、どっかで書いていました。あなたにこんな事をお話しするのは釈迦に説法かも知れませんね。でも、これは確かに大切な点だと思いますが、どうでしょう」

「それは悪い場合を考えれば、そうでしょうがね。むろん僕もそれは知ってますよ」

判事は少しいやな顔をして答えた。

「しかし、その悪い場合が、存外《ぞんがい》手近にないとも限りませんからね。こういうことは云えないでしょうか。例えば非常に神経過敏な、無辜の男が、ある犯罪の嫌疑を受けたと仮定しますね。その男は犯罪の現場で捕えられ、犯罪事実もよく知っているのです。この場合、彼は果して心理試験に対して平気でいることが出来るでしょうか。『ア、これは僕を試すのだな、どう答えたら疑われないだろう』などという風に興奮するのが当然ではないでしょうか。ですから、そういう事情の下に行なわれた心理試験はデ・キロスのいわゆる『無辜のものを罪に陥れる』ことになりゃあしないでしょうか」

「君は斎藤勇のことを云っているのですね。いや、それは僕も何となくそう感じたものだから、今もいったように、まだ迷っているのじゃありませんか」

判事はますます苦い顔をした。

「では、そういうふうに、斎藤が無罪だとすれば（もっとも金を盗んだ罪は免れませんけれど）いったい誰が老婆を殺したのでしょう……」

判事はこの明智の言葉を中途から引き取って、荒々しく尋ねた。

「そんなら、君は、他に犯人の目当てでもあるのですか」

「あります」明智がニコニコしながら答えた。「僕はこの連想試験の結果から見て蕗屋が犯人だと思うのですよ。しかしまだ確実にそうだとは云えませんけれど、あの男はもううちへ帰したのでしょうね。どうでしょう。それとなく彼をここへ呼ぶわけにはいきませんかしら、そうすれば、僕はきっと真相をつき止めてお目にかけますがね」

「なんですって、それには何か確かな証拠でもあるのですか」

判事が少《すくな》からず驚いて尋ねた。

明智は別に得意らしい色もなく、詳しく彼の考えを述べた。そして、それが判事をすっかり感心させてしまった。明智の希望が容《い》れられて、蕗屋の下宿へ使が走った。「御友人の斎藤氏はいよいよ有罪と決した。それについてお話ししたいこともあるから、私の私宅まで御足労を煩《わずら》わしたい」

これが呼出しの口上だった。蕗屋はちょうど学校から帰ったところで、それを聞くと早速やって来た。さすがの彼もこの吉報には少なからず興奮していた。嬉しさの余り、そこに恐ろしい罠《わな》のあることを、まるで気づかなかった。

六

笠森判事は、一と通り斎藤を有罪と決定した理由を説明したあとで、こう附け加えた。

「君を疑ったりして、まったく相済まんと思っているのです。今日は、実はそのお詫《わ》びかたがた、事情をよくお話ししようと思って、来て頂いたわけですよ」

そして、蕗屋のために紅茶を命じたりして、ごくうちくつろいだ様子で雑談を始めた。明智も話に加わった。判事は彼を知合いの弁護士で、死んだ老婆の遺産相続者から、貸金の取立て等を依頼されている男だといって紹介した。むろん半分は嘘だけれど、親族会議の結果、老婆の甥《おい》が田舎から出て来て、遺産を相続することになったのは事実だった。

三人の間には、斎藤の噂を始めとして、いろいろの話題が話された。すっかり安心した蕗屋は、中でも一ばん雄弁な話し手だった。

そうしているうちに、いつの間にか時間が経って、窓の外に夕暗《ゆうやみ》が迫って来た。蕗屋はふとそれに気づくと、帰り支度を始めながら云った。

「では、もう失礼しますが、別に御用はないでしょうか」

「おお、すっかり忘れてしまうところだった」明智が快活に云った。「なあに、どうでもいいようなことですがね。ちょうど序《つい》でだから……御承知かどうですか、あの殺人のあった部屋に、二枚折りの金屏風が立ててあったのですが、それにちょっと傷がついていたと云って問題になっているのですよ。というのは、その屏風は婆さんのものではなく、貸金の抵当に預《あずか》ってあった品で、持主の方では、殺人の際についた傷に相違ないから弁償しろというし、婆さんの甥は、これが又婆さんに似たけちん坊でね、元からあった傷かも知れないといって、なかなか応じないのです。実際つまらない問題で、閉口してるんです。尤《もっと》もその屏風は可なり値打のある品物らしいのですけれど。ところで、あなたはよくあの家へ出入りされたのですから、その屏風も多分御存じでしょうが、以前に傷があったかどうか、ひょっと御記憶じゃないでしょうか、どうでしょう、屏風なんか別に注意しなかったでしょうね。実は斎藤にも聞いて見たんですが、先生興奮しきっていて、よくわからないのです。それに、女中は国へ帰ってしまって手紙で聞き合せても要領を得ないし、ちょっと困っているのですが……」

屏風が抵当物だったことはほんとうだが、そのほかの点はむろん作り話に過ぎなかった。蕗屋は屏風という言葉に思わずヒヤッとした。しかしよく聞いて見るとなんでもないことなので、すっかり安心した。

「何をビクビクしているのだ。事件はもう落着してしまったのじゃないか」彼はどんなふうに答えてやろうかと、ちょっと思案したが、例によってありのままにやるのが一ばんいい方法のように考えられた。

「判事さんはよく御承知ですが、僕はあの部屋へはいったのはたった一度きりなんです。それも、事件の二日前にね」彼はニヤニヤ笑いながら云った。こうした云い方をするのが愉快でたまらないのだ。「しかし、その屏風なら覚えてますよ。僕の見た時には確か傷なんかありませんでした」

「そうですか。間違いないでしょうね。あの小野の小町の顔の所に、ほんのちょっとした傷があるだけなんですが」

「そうそう、思い出しましたよ」蕗屋は如何にも今思い出したふうを装って云った。

「あれは六歌仙の絵でしたね。小野の小町も覚えてますよ。しかし、もしその傷がついていたとすれば、見落したはずがありません。だって、極彩色の小野の小町の顔に傷があれば、一と目でわかりますからね」

「じゃ御迷惑でも、証言をして頂くわけにはいきませんかしら、屛風の持主というのが、実に慾の深いやつで、始末にいけないのですよ」

「ええ、よござんすとも、いつでも御都合のいい時に」

蕗屋はいささか得意になって、弁護士と信ずる男の頼みを承諾した。

「ありがとう」明智はモジャモジャと伸ばした頭を指でかきまわしながら、嬉しそうに云った。これは彼が多少興奮した際にやる一種の癖なのだ。「実は、僕は最初から、あなたが屛風のことを知って居られるに相違ないと思ったのですよ。というのはね、この昨日の心理試験の記録の中で、『絵』という問に対して、あなたは『屛風』という特別の答え方をしていますね。これですよ。下宿屋にはあんまり屛風なんて備えてありませんし、あなたは斎藤のほかには別段親しいお友達もないようですから、これはさしずめ老婆の座敷の屛風が、何かの理由で特別に深い印象になって残っていたのだろうと想像したのですよ」

蕗屋はちょっと驚いた。それは確かにこの弁護士のいう通りに相違なかった。でも、彼は昨日どうして屏風なんて口走ったのだろう。そして、不思議にも今までまるでそれに気づかないとは。これは危険じゃないかな。しかし、どういう点が危険なのだろう。あの時彼は、その傷跡をよく検べて、何の手掛りにもならぬことを確かめておいたではないか。なあに、平気だ、平気だ。彼は一応考えて見てやっと安心した。ところが、ほんとうは、彼は明白すぎるほど明白な大間違いをやっていたことを少しも気がつかなかったのだ。

「なるほど、僕はちっとも気づきませんでしたけれど、確かにおっしゃる通りですよ。なかなか鋭い御観察ですね」

蕗屋はあくまで、無技巧主義を忘れないで平然として答えた。

「なあに、偶然気づいたのですよ」弁護士を装った明智が謙遜《けんそん》した。「だが、気づいたと云えば、実はもう一つあるのですが、いや、いや、決してご心配なさるようなことじゃありません。昨日の連想試験の中には八つの危険な単語が含まれていたのですが、あなたはそれを実に完全に、パスしましたね。実際完全すぎたほどですよ。少しでも後暗《うしろ》いところがあれば、こうは行きませんからね。その八つの単語というのは、ここに丸が打ってあるでしょう。これですよ」といって明智は記録の紙片を示した。

「ところが、あなたのこれらに対する反応時間は、ほかの無意味な言葉よりも、皆ほんの僅かずつではありますけれど、早くなってますね。例えば『植木鉢』に対して『松』と答えるのに、たった〇・六秒しかかかってない。これは珍しい無邪気さですよ。この三十箇の単語の内で、一ばん連想し易いのは先ず『緑』に対する『青』などでしょうが、あなたはそれにさえ〇・七秒かかってますからね」

蕗屋は非常な不安を感じ始めた。この弁護士は、いったい何のためにこんな饒舌《じょうぜつ》を弄《ろう》しているのだろう。好意でか、それとも悪意でか、何か深い下心があるのじゃないかしら。彼は全力を傾けて、その意味を悟ろうとした。

「『植木鉢』にしろ『油紙』にしろ『犯罪』にしろ、そのほか、問題の八つの単語は、皆、決して『頭』だとか『緑』だとかいう平凡なものより、連想し易いとは考えられません。それにもかかわらず、あなたは、そのむずかしい連想の方をかえって早く答えているのです。これはどういう意味でしょう。僕が気づいた点というのはここですよ。一つあなたの心持を当てて見ましょうか。エ、どうです。何も一興ですからね。しかし若し間違っていたらご免下さいよ」

蕗屋はブルッと身震いした。しかし、何がそうさせたかは彼自身にもわからなかった。

「あなたは、心理試験の危険なことをよく知っていて、あらかじめ準備していたのでしょう。犯罪に関係のある言葉について、ああ云えばこうと、ちゃんと腹案が出来ていたんでしょう。いや、僕は決して、あなたのやり方を非難するのではありませんよ。実際、心理試験というやつは、場合によっては非常に危険なものですからね。有罪者を逸して無辜のものを罪に陥れることがないとは断言出来ないのですからね。ところが、準備があまり行届《ゆきとど》き過ぎていて、もちろん、別に早く答える積《つも》りはなかったのでしょうけれど、その言葉だけが早くなってしまったのです。これは確かに大変な失敗でしたね。あなたは、ただもう遅れることばかり心配して、それが早過ぎるのも同じように危険だということを少しも気づかなかったのです。もっとも、この時間の差は非常に僅かずつですから、よほど注意深い観察者でないとうっかり見逃してしまいますがね。ともかく、こしらえ事というものは、どっかに破綻《はたん》があるものですよ」明智の蕗屋を疑った論拠は、ただこの一点にあったのだ。

「しかし、あなたはなぜ『金』だとか『人殺し』だとか『隠す』だとか、嫌疑を受け易い言葉を選んで答えたのでしょう。云うまでもない。そこがそれ、あなたの無邪気なところですよ。若しあなたが犯人だったら決して『油紙』と問われて『隠す』などとは答えませんからね。そんな危険な言葉を平気で答え得るのは、何らやましいところのない証拠ですよ。ね、そうでしょう。僕のいう通りでしょう」

　蕗屋は話し手の目をじっと見詰めていた。どういうわけか、そらすことが出来ないのだ。そして、鼻から口の辺にかけて筋肉が硬直して、笑うことも、泣くことも、驚くことも、一切の表情が不可能になったような気がした。むろん口は利けなかった。もし無理に口を利こうとすれば、それは直ちに恐怖の叫び声になったに相違ない。

「この無邪気なこと、つまり小細工を弄しないということが、あなたのいちじるしい特徴ですよ。僕はそれを知ったものだから、あのような質問をしたのです。エ、おわかりになりませんか。例の屛風のことです。僕は、あなたがむろん無邪気にありのままにお答え下さることを信じて疑わなかったのですよ。実際その通りでしたがね。ところで、笠森さんに伺いますが、問題の六歌仙の屛風は、いつあの老婆の家に持ち込まれたのですかしら」

　明智はとぼけた顔をして、判事に訊ねた。

「犯罪事件の前日ですよ。つまり先月の四日です」

「エ、前日ですって、それはほんとうですか。妙じゃありませんか、今蕗屋君は、事件の前々日即ち三日に、それをあの部屋で見たと、ハッキリ云っているじゃありませんか。どうも不合理ですね。あなた方のどちらかが間違っていないとしたら」

「蕗屋君は何か思い違いをしているのでしょう」判事がニヤニヤ笑いながら云った。「四日の夕方までは、あの屏風が、そのほんとうの持主の所にあったことは、明白に判っているのです」

明智は深い興味をもって、蕗屋の表情を観察した。それは、今にも泣き出そうとする小娘の顔のように変なふうにくずれかけていた。これが明智の最初から計画した罠だった。彼は事件の二日前には、老婆の家に屏風のなかったことを、判事から聞いて知っていたのだ。

「どうも困ったことになりましたね」明智はさも困ったような声音で云った。「これはもう取り返しのつかぬ大失策ですよ。なぜあなたは見もしないものを見たなどと云うのです。あなたは事件の二日前から一度もあの家へ行っていないはずじゃありませんか。殊に六歌仙の絵を覚えていたのは致命傷ですよ。恐らくあなたは、ほんとうのことを云おう、ほんとうのことを云おうとして、つい嘘をついてしまったのでしょう。ね、そうでしょう。あなたは事件の二日前にあの座敷へはいった時、そこに屏風があるかないかというようなことを注意したでしょうか。むろん注意しなかったでしょう。実際それはあなたの計画にはなんの関係もなかったのですし、若し屏風があったとしても、あれはご承知の通り時代のついたくすんだ色合いで、他のいろいろの道具の中で、殊さら目立っていたわけでもありませんからね。で、あなたが今、事件の当日そこで見た屏風が、二日前にも同じようにそこにあっただろうと考えたのは、ごく自然ですよ。それに僕はそう思わせるような方法で問いかけたのですものね。これは一種の錯覚《さっかく》みたいなものですが、よく考えて見ると、われわれには日常ザラにあることです。しかし、もし普通の犯罪者だったら決してあなたのようには答えなかったでしょう。彼らは、なんでもかんでも、隠しさえすればいいと思っているのですからね。ところが、僕にとって好都合だったのは、あなたが世間並みの裁判官や犯罪者より、十倍も二十倍も進んだ頭を持っていられたことです。つまり、急所にふれない限りは、出来るだけあからさまに喋ってしまう方が、かえって安全だという信念を持っていられたことです。裏の裏を行くやり方ですね。そこで僕は更らにその裏を行って見たのですよ。まさか、あなたはこの事件に何の関係もない弁護士が、あなたを白状させるために、罠を作っていようとは想像しなかったでしょうね。ハハハハ」

蕗屋はまっ青になった顔の、額のところにビッショリ汗を浮かせて、じっと黙り込んでいた。彼はもうこうなったら、弁明すればするだけボロを出すばかりだと思った。彼は頭がいいだけに、自分の失言がどんなに雄弁な自白だったかということを、よくわきまえていた。彼の頭の中には、妙なことだが、子供の時分からのさまざまの出来事が、走馬燈《そうまとう》のように、めまぐるしく現われては消えた。長い沈黙が続いた。

「聞こえますか」明智がしばらくしてこう云った。「そら、サラサラ、サラサラという音がしているでしょう。あれはね、さっきから、隣の部屋で、僕たちの問答を書きとめているのですよ。……君、もうよござんすからそれをここへ持って来てくれませんか」

すると、襖が開いて、一人の書生体《てい》の男が手に洋紙の束を持って出て来た。

「それを一度読み上げて下さい」

明智の命令にしたがって、その男は最初から朗読した。

「では、蕗屋君、これに署名して、拇印《ぼいん》で結構ですから捺《お》してくれませんか。君はまさかいやだとは云いますまいね。だって、さっき、屛風のことはいつでも証言してやると約束したばかりじゃありませんか。もっとも、こんなふうな証書だろうとは想像しなかったかも知れないけれど」

蕗屋は、ここで署名を拒んだところで、なんの甲斐《かい》もないことを、充分知っていた。彼は明智の驚くべき推理をもあわせて承認する意味で、署名捺印した。そして、今はもうすっかりあきらめ果てた人のようにうなだれていた。

「先にも申上げた通り」明智は最後に説明した。「ミュンスターベルヒは、心理試験の真の効能は、嫌疑者が、ある場所、人又は物について知っているかどうかを試す場合に限って、確定的だといっています。今度の事件で云えば、蕗屋君が屛風を見たかどうかという点が、それなんです。この点をほかにしては、百の心理試験も恐らく無駄でしょう。何しろ相手が蕗屋君のような、何もかも予想して、綿密な準備をしている男なのですからね。それからもう一つ申上げたいのは、心理試験というものは、必ずしも、書物に書いてある通り一定の刺戟語を使い、一定の機械を用意しなければ出来ないものではなくて、今僕が実験してお目にかけた通り、ごく日常的な会話によってでも充分やれるということです。昔からの名判官は、例えば大岡越前守《おおおかえちぜんのかみ》というような人は、皆自分でも気づかないで、最近の心理学が発明した方法を、ちゃんと応用していたのですよ」

（「新青年」大正十四年二月号）

注1　成心　先入観。下心。

注2　六歌仙　「古今和歌集」の序文に書かれた六人の歌人。僧正遍昭《そうじょうへんじょう》、在原業平《ありわらのなりひら》、文屋康秀《ふんやのやすひで》、喜撰法師《きせんほうし》、

注3　五千円
　小野小町《おののこまち》、大友黒主《おおとものくろぬし》。
　現在の三、四百万円ほど。
注4　予審判事
　検事の請求を受け、起訴するかどうかを決める地方裁判所の裁判官。予審制度は戦後廃止された。
注5　automatograph
　自動運動描画機。
注6　pneumograph
　呼吸記録器。
注7　sphygmograph
　脈拍計。
注8　plethysmograph
　体積記録器。
注9　galvanometer
　検流計。

二　銭銅貨

上

「あの泥棒が羨《うらや》ましい」二人のあいだにこんな言葉がかわされるほど、其《そ》の頃は窮迫《きゅうはく》していた。場末の貧弱な下駄屋の二階の、ただ一《ひ》と間しかない六畳に、一閑張《いっかんば》りの破《や》れ机を二つ並べて、松村武《まつむらたけし》とこの私とが、変な空想ばかりたくましうして、ゴロゴロしていた頃のお話である。もう何もかも行き詰《づま》ってしまって、動きの取れなかった二人は、ちょうどその頃世間を騒がせた大泥棒の、巧みなやり口を羨むような、さもしい心持になっていた。

その泥棒事件というのが、このお話の本筋に大関係を持っているので、ここにザッとそれをお話ししておくことにする。

芝《しば》区のさる大きな電気工場の職工給料日当日の出来事であった。十数名の賃銀計算係が、一万に近い職工のタイム・カードから、それぞれ一カ月の賃銀を計算して、山と積まれた給料袋の中へ、当日銀行から引き出された、一番の支那鞄に一杯もあろうという、二十円、十円、五円などの紙幣を汗だくになって詰め込んでいる最中に、事務所の玄関へ一人の紳士が訪れた。

受付の女が来意を尋ねると、私は朝日新聞社の記者であるが、支配人にちょっとお眼にかかりたいという。そこで女が東京朝日新聞社会部記者と肩書のある名刺を持って、支配人にこの事を通じた。幸いなことには、この支配人は、新聞記者操縦法がうまいことを、一つの自慢にしている男であった。のみならず、新聞記者を相手に、法螺《ほら》を吹いたり、自分の話が何々氏談などとして、新聞に載せられたりすることは、大人気ないとは思いながら、誰しも悪い気持はしないものである。社会部記者と称する男は、むしろ、快く支配人の部屋へ請《しょう》じられた。

　大きな鼈甲縁《べっこうぶち》の眼鏡をかけ、美しい口髭《くちひげ》をはやし、気のきいた黒のモーニングに、流行の折鞄《おりかばん》といういでたちのその男は、如何にも物慣れた調子で、支配人の前の椅子に腰をおろした。そしてシガレット・ケースから、高価なエジプトの紙巻煙草《かみまきたばこ》を取り出して、卓上の灰皿に添えられたマッチを手際よく擦《す》ると、青味がかった煙を、支配人の鼻先へフッと吹き出した。

「貴下の職工待遇問題に関するご意見を」とか、なんとか、新聞記者特有の、相手を呑んでかかったような、それでいて、どこか無邪気な、人懐《ひとなつ》っこいところのある調子で、その男はこう切り出した。そこで支配人は、労働問題について、多分は労資協調、温情主義というようなことを、大いに論じたわけであるが、それはこの話に関係がないから略するとして、約三十分ばかり支配人の室に居ったところの、その新聞記者が、支配人が一席弁じ終ったところで、「ちょっと失敬」といって便所に立ったあいだに、姿を消してしまったのである。

支配人は、不作法なやつだくらいで、別に気にもとめないで、ちょうど昼食の時間だったので、食堂へと出掛けて行ったが、しばらくすると近所の洋食屋から取ったビフテキか何かを頬《ほお》ばっていたところの支配人の前へ、会計主任の男が、顔色を変えて、飛んで来て、報告することには、

「賃銀支払の金がなくなりました。とられました」

と云うのだ。驚いた支配人が、食事などはそのままにして、金のなくなったと云う現場へ来て調べて見ると、この突然の盗難の仔細《しさい》は、大体次のように想像することが出来たのである。

ちょうど其の当時、その工場の事務室が改築中であったので、いつもなれば、厳重に戸締りの出来る特別の部屋で行われるはずの賃銀計算の仕事が、其の日は、仮に支配人室の隣の応接間で行われたのであるが、昼食の休憩時間に、どうした物の間違いか、其の応接間が空《から》になってしまったのである。事務員たちは、お互いに誰か残ってくれるだろうというような考えで、一人残らず食堂へ行ってしまって、後には支那鞄に充満した札束が、ドアには鍵もかからない部屋に、約半時間ほども、ほうり出され

てあったのだ。その隙《すき》に、何者かが忍び入って、大金を持ち去ったものに相違ない。それも、既に給料袋に入れられた分や、細かい紙幣には手もつけないで、支那鞄の中の二十円札と十円札の束だけを持ち去ったのである。損害高は約五万円(注1)であった。

いろいろ調べて見たが、結局、どうも先程の新聞記者が怪しいということになった。新聞社へ電話をかけて見ると、案《あん》の定《じょう》、そういう男は本社員の中にはないという返事だ。そこで、警察へ電話をかけるやら、賃銀支払を延ばすわけにはいかぬので、銀行へ改めて二十円札と十円札の準備を頼むやら、大変な騒ぎになったのである。

かの新聞記者と自称して、お人よしの支配人に無駄な議論をさせた男は、実は、当時新聞が紳士盗賊という尊称をもって書き立てたところの大泥棒であったのだ。

さて、所轄《しょかつ》警察署の司法主任その他が臨検して調べて見ると、手懸りというものが一つもない。新聞社の名刺まで用意して来るほどの賊だから、なかなか一筋縄《ひとすじなわ》で行くやつではない。遺留品などあろうはずもない。ただ一つわかっていたことは、支配人の記憶に残っているその男の容貌風采《ふうさい》であるが、それが甚《はなは》だ頼りないのである。というのは、服装などはむろん取り替えることが出来るし、支配人がこれこそ手懸りだと申し出たところの、鼈甲縁の眼鏡にしろ、口髭にしろ、考えて見れば、変装には最もよく使われる手段なのだから、これも当てにはならぬ。そこで、仕方がないので、盲目探しに、近所の車夫だとか、煙草屋のおかみさんだとか、露店商人などいう連中に、かくかくの風采の男を見かけなかったか、若《も》し見かけたらどの方角へ行ったかと、一《いち》一《いち》尋ねまわる。むろん市内の各巡査派出所へも、この人相書きが廻る。つまり非常線が張られたわけであるが、なんの手ごたえもない。一日、二日、三日、あらゆる手段が尽された。各停車場には見張りがつけられた。各府県の警察署へ依頼の電報が発せられた。斯様《かよう》にして、一週間は過ぎたけれども賊は挙がらない。もう絶望かと思われた。かの泥棒が、何か他の罪をでも犯して挙げられるのを待つよりほかはないかと思われた。工場の事務所からは、其の筋の怠慢を責めるように、毎日毎日警察署へ電話がかかった。署長は自分の罪ででもあるように頭を悩ました。

そうした絶望状態の中に、一人の同じ署に属する刑事が、市内の煙草屋の店を一軒ずつ丹念に歩きまわっていた。

市内には、舶来の煙草を一と通り備え付けているという煙草屋が、各区に、多いのは数十軒、少い所でも十軒内外はあった。刑事はほとんどそれを廻り尽して、今は、山の手の牛込《うしごめ》と四谷《よつや》の区内が残っているばかりであった。今日はこの両区を廻って、それで目的を果さなかったら、もういよいよ絶望だと思った刑事は、富籤《とみくじ》の当り番号を読む時のような、楽しみとも恐れともつかぬ感情をもって、テクテク歩いていた。

時々交番の前で立ち止まっては、巡査に煙草店の所在を聞き糺しながら、テクテクと歩いていた。刑事の頭の中はFIGARO, FIGARO, FIGAROとエジプト煙草の名前で一杯になっていた。ところが、牛込の神楽坂《かぐらざか》に一軒ある煙草店を尋ねるつもりで、飯田橋の電車停留所から神楽坂下へ向って、あの大通りを歩いていた時であった。刑事は、一軒の旅館の前で、フト立ち止まったのである。というのは、その旅館の前の、下水の蓋《ふた》を兼ねた、御影石《みかげいし》の敷石の上に、よほど注意深い人でなければ、眼にとまらないような、一つの煙草の吸殻が落ちていた。そして、なんと、それが刑事の探しまわっていたところのエジプト煙草と同じものだったのである。

さて、この一つの煙草の吸殻から足がついて、さしもの紳士盗賊もついに獄裡《ごくり》の人となったのであるが、その煙草の吸殻から盗賊逮捕までの径路にちょっと探偵小説じみた興味があるので、当時のある新聞には、続き物になって、その時の何某《なにがし》刑事の手柄話が載せられたほどであるが――この私の記述も、実はその新聞記事に拠《よ》ったものである――私はここには、先を急ぐために、ごく簡単に結論だけしかお話ししている暇がないことを遺憾《いかん》に思う。

読者も想像されたであろうように、この感心な刑事は、盗賊が工場の支配人の部屋に残して行ったところの、珍しい煙草の吸殻から探偵の歩を進めたのである。そして、各区の大きな煙草屋をほとんど廻り尽したが、たとい同じ煙草を備えてあっても、エジプトの中でも比較的売行きのよくない、そのFIGAROを最近に売ったという店はごく僅《わず》かで、それがことごとく、どこの誰それと疑うまでもないような買い手に、売られていたのである。ところがいよいよ最終という日になって、今もお話ししたように、偶然にも、飯田橋附近の一軒の旅館の前で、同じ吸殻を発見して、実は、あてずっぽうに、その旅館に探りを入れて見たのであるが、それがなんと僥倖《ぎょうこう》にも、犯人逮捕の端緒《たんしょ》となったのである。

そこで、いろいろ、苦心の末、例えば、その旅館に投宿して居った、その煙草の持ち主が、工場の支配人から聞いた人相とはまるで違っていたり、なにかして、だいぶ苦心したのであるが、結局、その男の部屋の火鉢の底から、犯行に用いたモーニング其の他の服装だとか、鼈甲縁の眼鏡だとか、つけ髭だとかを発見して、逃れぬ証拠によって、いわゆる紳士泥棒を逮捕することが出来たのである。

で、その泥棒が取調べを受けて白状したところによると、犯行の当日――もちろん、その日は職工の給料日と知って訪問したのだが、――支配人の留守の間に、隣の計算室にはいって例の金を取ると、折鞄の中にただそれだけを入れて居ったところの、レインコートとハンチングを取り出して、その代りに、鞄の中へは、盗んだ紙幣の一部分を入れて、眼鏡をはずし、口髭をとり、レインコートでモーニング姿を包み、中折の代りにハンチングを冠《かぶ》って、来た時とは別の出口から、何食わぬ顔をして逃げ出したのであった。あの五万円という沢山《たくさん》の紙幣を、どうして、誰にも疑われぬように、持ち出すことが出来たかという訊問《じんもん》に対して、紳士泥棒が、ニヤリと得意らしい笑いを浮かべて答えたことには、

「私共は、からだじゅうが袋で出来上がっています。その証拠には、押収されたモーニングを調べてご覧なさい。ちょっと見ると普通のモーニングだが、実は手品使いの服のように、附けられるだけの隠し袋が附いているんです。五万円くらいの金を隠すのは訳はありません。支那人の手品使いは、大きな、水のはいった丼鉢《どんぶりばち》でさえ、からだの中へ隠すではありませんか」

さて、この泥棒事件がこれだけでおしまいなら、別段の興味もないのであるが、ここに一つ普通の泥棒と違った、妙な点があった。そして、それが私のお話の本筋に、大いに関係があるわけなのである。というのは、この紳士泥棒は、盗んだ五万円の隠し場所について、一言も白状しなかったのである。警察と、検事廷と、公判廷と、この三つの関所で、手を換え品を換えて責め問われても、彼はただ知らないの一点張りで通した。そして、おしまいには、その僅か一週間ばかりのあいだに、使い果してし

まったのだというような、出鱈目《でたらめ》をさえ云い出したのである。其の筋としては、探偵の力によって、その金のありかを探し出すほかはなかった。そして、ずいぶん探したらしいのであるが、いっこう見つからなかった。そこで、その紳士泥棒は、五万円隠《いん》匿《とく》のかどによって、窃盗犯としては可なり重い懲役に処せられたのである。

困ったのは被害者の工場である。工場としては、犯人よりは五万円が発見して欲しかったのである。もちろん、警察の方でも、その金の捜索を止《や》めたわけではないが、どうも手ぬるいような気がする。そこで、工場の当の責任者たる支配人は、その金を発見したものには、発見額の一割の賞を懸けるということを発表した。つまり五千円(注2)の懸賞である。

これからお話ししようとする、松村武と私自身とに関する、ちょっと興味のある物語は、この泥棒事件がこういうふうに発展している時に起ったことなのである。

中

この話の冒頭にもちょっと述べたように、その頃、松村武と私とは、場末の下駄屋の二階の六畳に、もうどうにもこうにも動きがとれなくなって、窮乏のドン底にのたうちまわっていたのである。でも、あらゆるみじめさの中にも、まだしも幸運であったのは、ちょうど時候が春であったことだ。これは貧乏人だけにしかわからない一つの秘密であるが、冬の終りから夏の初にかけて、貧乏人は、だいぶ儲《もう》けるのである。いや、儲けたと感じるのである。というのは、寒い時だけ必要があった、羽織だとか、下着だとか、ひどいのになると、夜具、火鉢の類に至るまで、質屋の蔵へ運ぶことが出来るからである。私どもも、そうした気候の恩恵に浴して、明日はどうなることか、月末の間代の支払いはどこから捻出《ねんしゅつ》するか、というような先の心配をのぞいては、先《ま》ずちょっと、いきをついたのである。そして、しばらく遠慮しておった銭湯へも行けば、床屋へも行く、飯屋ではいつもの味噌汁と香の物の代りに、さしみで一合《ごう》かなんかを奮発《ふんぱつ》するといったあんばいであった。

ある日のこと、いい心持になって、銭湯から帰って来た私が、傷だらけの毀《こわ》れかかった一閑張りの机の前に、ドッカと坐った時に、一人残っていた松村武が、妙な、一種の興奮したような顔つきをもって、私にこんなことを聞いたのである。

「君、この、僕の机の上に二銭銅貨をのせておいたのは君だろう。あれは、どこから持って来たのだ」

「ああ、俺だよ。さっき煙草を買ったおつりさ」

「どこの煙草屋だ」

「飯屋の隣の、あの婆さんのいる不景気なうちさ」

「フーム、そうか」

と、どういうわけか、松村はひどく考え込んだのである。そして、なおも執拗《しつよう》にその二銭銅貨について尋ねるのであった。

「君、その時、君が煙草を買った時だ、誰かほかにお客はいなかったかい」

「確か、いなかったようだ。そうだ。いるはずがない、その時あの婆さんは居眠りをしていたんだ」

この答えを聞いて、松村は何か安心した様子であった。

「だが、あの煙草屋には、あの婆さんのほかに、どんな連中がいるんだろう。君は知らないかい」

「俺は、あの婆さんとは仲よしなんだ。あの不景気な仏頂面《ぶっちょうづら》が、俺のアブノーマルな嗜好《しこう》に適したというわけでね。だから、俺は相当あの煙草屋については詳しいんだ。あそこには婆さんのほかに、婆さんよりはもっと不景気な爺《じい》さんがいるきりだ。しかし君はそんなことを聞いてどうしようというのだ。どうかしたんじゃないかい」

「まあいい。ちょっと訳があるんだ。ところで君が詳しいというのなら、も少しあの煙草屋のことを話さないか」

「ウン、話してもいい。爺さんと婆さんとのあいだに一人の娘がある。俺は一度か二度その娘を見かけたが、そう悪くない縹緻《きりょう》だぜ。それがなんでも、監獄の差入屋とかへ嫁いでいるという話だ。その差入屋が相当に暮らしているので、その仕送りで、あの不景気な煙草屋も、つぶれないで、どうかこうかやっているのだと、いつか婆さんが話していたっけ。……」

こう、私が煙草屋に関する知識について話し始めた時に、驚いたことには、それを話してくれと頼んでおきながら、もう聞きたくないと云わぬばかりに、松村武が立ち上がったのである。そして、広くもない座敷を、隅《すみ》から隅へ、ちょうど動物園の熊のように、ノソリノソリと歩き始めたのである。私どもは、二人とも、日頃からずいぶん気まぐれな方であった。話のあいだに突然立ち上がるなどは、そう珍しいことでもなかった。けれども、この場合の松村の態度は、私をして沈黙せしめたほども、変っていたのである。松村はそうして、部屋の中をあっちへ行ったり、こっちへ行ったり、約三十分くらい歩きまわっていた。私は黙って、一種の興味を持って、それを眺めていた。その光景は、若し傍観者があって、之《これ》を見たら、よほど狂気じみたものであったに相違ないのである。

そうこうするうちに、私は腹がへって来たのである。ちょうど夕食時分ではあったし、湯にはいった私は余計に腹がへったような気がしたのである。そこで、まだ気違いじみた歩行を続けている松村に、飯屋に行かぬかと勧めて見たところが「すまないが、君一人で行ってくれ」という返事だ。仕方なく、私はその通りにした。

さて、満腹した私が、飯屋から帰って来ると、なんと珍しいことには、松村が按摩《あんま》を呼んで、もませていた。以前は私どものお馴染《なじみ》であった、若い盲唖学校の生徒が、松村の肩につかまって、しきりと何か、持ち前のお喋《しゃべ》りをやっているのであった。

「君、贅沢《ぜいたく》だと思っちゃいけない。これには訳があるんだ。まあ、しばらく黙って見ていてくれ、そのうちにわかるから」

松村は、私の機先を制して、非難を予防するように云った。昨日、質屋の番頭を説きつけて、むしろ強奪して、やっと手に入れた二十円なにがしの共有財産の寿命が、按摩賃六十銭だけ縮められることは、この際、贅沢に相違なかったからである。

私は、これらの、ただならぬ松村の態度について、或《あ》る、言い知れぬ興味を覚えた。そこで、私は自分の机の前に坐って、古本屋で買って来た講談本か何かを、読みふけっている様子をした。そして、実は松村の挙動をソッと盗み見ていたのである。

按摩が帰ってしまうと、松村も彼の机の前に坐って、何か紙切れに書いたものを読んでいるようであったが、やがて彼は懐中から、もう一枚の紙切れを取り出して机の上に置いた。それは、ごく薄く、二寸四方ほどの、小さなもので、細かい文字が一面に認《したた》めてあった。彼は、この二枚の紙片を、熱心に比較研究しているようであった。そして、鉛筆を以《もっ》て、新聞紙の余白に、何か書いては消し、書いては消ししていた。そんなことをしているあいだに、電燈が点《つ》いたり、表通りを豆腐屋のラッパが通り過ぎたり、縁日にでも行くらしい人通りが、しばらく続いたり、それが途絶えると、支那蕎麦《そば》屋の哀れげなチャルメラの音が聞こえたりして、いつの間にか夜が更《ふ》けたのである。それでも松村は、食事さえ忘れてこの妙な仕事に没頭していた。私は黙って、自分の床を敷いて、ゴロリと横になると、退屈にも、一度読んだ講談本を、更《さ》らに読み返しでもするほかはなかったのである。

「君、東京地図はなかったかしら」

突然、松村がこういって、私の方を振り向いた。

「さア、そんなものはないだろう。下のおかみさんにでも聞いて見たらどうだ」

「ウン、そうだね」

彼は直ぐに立ち上がって、ギシギシいう梯子《はしご》段を、下へ降りて行ったが、やがて、一枚の折り目から破れそうになった東京地図を借りて来た。そして、又机の前に坐ると、熱心な研究を続けるのであった。私はますます募《つの》る好奇心をもって彼の様子を眺めていた。

下の時計が九時を打った。松村は、長いあいだの研究が一段落を告げたと見えて、机の前から立ち上がって私の枕頭《まくらもと》へ坐った。そして少し言いにくそうに、

「君、ちょっと、十円ばかり出してくれないか」

と云うのだ。私は、松村のこの不思議な挙動については、読者にはまだ明かしてないところの、深い興味を持っていた。それゆえ、彼に十円(注3)という、当時の私どもに取っては、全財産の半分であったところの大金を与えることに、少しも異議を唱えなかった。

松村は、私から十円札を受取ると、古給《ふるあわせ》一枚に、皺《しわ》くちゃのハンチングといういでたちで、何も云わずに、プイとどこかへ出て行った。

一人取り残された私は、松村の其の後の行動について、いろいろ想像をめぐらした。そして独《ひと》りほくそ笑んでいるうちに、いつか、ついうとうとと夢路に入った。しばらくして松村の帰ったのを、夢現《ゆめうつつ》に覚えていたが、それからは、何も知らずに、グッスリと朝まで寝込んでしまったのである。ずいぶん朝寝坊の私は、十時頃でもあったろうか、眼を醒《さ》まして見ると、枕頭に妙なものが立っているのに驚かされた。というのは、そこには、縞《しま》の着物に、角帯《かくおび》を締めて、紺の前垂《まえだ》れをつけた一人の商人風の男が、

ちょっとした風呂敷包みを背負って立っていたのである。

「なにを妙な顔をしているんだ。俺だよ」

驚いたことには、その男が、松村武の声をもって、こういったのである。よくよく見ると、それは如何にも松村に相違ないのだが、服装がまるで変っていたので、私はしばらくのあいだ、何がなんだか、訳がわからなかったのである。

「どうしたんだ。風呂敷包みなんか背負って。それに、そのなりはなんだ。俺はどこの番頭さんかと思った」

「シッ、シッ、大きな声だなあ」松村は両手で抑えつけるような恰好《かっこう》をして、ささやくような小声で、

「大変なお土産《みやげ》を持って来たよ」

というのである。

「君はこんなに早く、どこかへ行って来たのかい」

私も、彼の変な挙動につられて、思わず声を低くして聞いた。すると、松村は、抑えつけても抑えつけても、溢《あふ》れるようなニタニタ笑いを、顔一杯にみなぎらせながら、彼の口を私の耳のそばまで持って来て、前よりは一そう低い、あるかなきかの声で、こういったのである。

「この風呂敷包みの中には、君、五万円という金がはいっているのだよ」

下

読者も既に想像されたであろうように、松村武は、問題の紳士泥棒の隠しておいた五万円を、どこからか持って来たのであった。それは、かの電気工場へ持参すれば、五千円の懸賞金にあずかることの出来る五万円であった。だが、松村はそうしないつもりだといった。そして、その理由を次のように説明した。

彼に云わせると、その金を馬鹿正直に届け出るのは、愚《おろか》なことであるばかりでなく、同時に、非常に危険なことであるというのであった。その筋の専門の刑事たちが、約一カ月もかかって探しまわっても、発見されなかったこの金である。たといこのまま、われわれが頂戴《ちょうだい》しておいたところで、誰が疑うもんか。われわれにしたって、五千円よりは五万円の方が有難《ありがた》いではないか。それよりも恐ろしいのは、あいつ、紳士泥棒の復讐《ふくしゅう》である。こいつが恐ろしい。刑期の延びるのを犠牲にしてまで隠しておいたこの金を、横取りされたと知ったら、あいつ、あの悪事にかけては天才といってもよいところのあいつが、見逃しておこうはずがない——松村はむしろ泥棒を畏敬《いけい》しているような口調であった——このまま黙って居ってさえ危ういのに、これを持主に届けて、懸賞金を貰《もら》いなどしようものなら、直《す》ぐ、松村武の名が新聞に出る。それは、わざわざ、あいつに、敵のありかを教えるようなものではないか、というのである。

「だが、少くとも現在においては、俺はあいつに打ち勝ったのだ。エ、君、あの天才泥棒に打ち勝ったのだ。この際、五万円もむろん有難いが、それよりも、俺はこの勝利の快感でたまらないんだ。俺の頭はいい、少くとも貴公よりはいいということを認めてくれ。俺をこの大発見に導いてくれたものは、昨日君が俺の机の上にのせておいた、煙草のつり銭の二銭銅貨なんだ。あの二銭銅貨のちょっとした点について、君が気づかないで俺が気づいたということはだ、そして、たった一枚の二銭銅貨から、五万円という金を、エ、君、二銭の二百五十万倍であるところの五万円という金を探し出したのは、これはなんだ。少くとも、君の頭よりは、俺の頭の方がすぐれているということじゃないかね」

二人の多少知識的な青年が、一と間のうちに生活していれば、そこに、頭のよさについての競争が行われるのは、至極あたり前のことであった。松村武と私とは、その日ごろ、暇にまかせて、よく議論を戦わしたものであった。夢中になって喋っているうちに、いつの間にか夜が明けてしまうようなことも珍しくなかった。そして、松村も私も互いに譲らず、「俺の方が頭がいい」ことを主張していたのである。そこで、松村がこの手柄《てがら》――それは如何にも大きな手柄であった――をもって、われわれの頭の優劣を証拠立てようとしたわけである。

「わかった、わかった。威張るのは抜きにして、どうしてその金を手に入れたか、その筋道を話して見ろ」

「まあ急《せ》くな。俺は、そんなことよりも、五万円の使途《つかいみち》について考えたいと思っているんだ。だが、君の好奇心を充たすために、ちょっと、簡単に苦心談をやるかな」

しかし、それは決して私の好奇心を充たすためばかりではなくて、むしろ彼自身の名誉心を満足させるためであったことはいうまでもない。それはともかく、彼は次のように、いわゆる苦心談を語り出したのである。私は、それを、心安だてに、蒲団《ふとん》の中から、得意そうに動く彼の顎《あご》のあたりを見上げて、聞いていた。

「俺は、昨日君が湯へ行った後で、あの二銭銅貨を弄《もてあそ》んでいるうちに、妙なことには、銅貨のまわりに一本の筋がついているのを発見したんだ。こいつはおかしいと思って、調べて居ると、なんと驚いたことには、あの銅貨が二つに割れたんだ。見たまえ、これだ」

彼は、机の引き出しから、その二銭銅貨を取り出して、ちょうど宝丹《ほうたん》(注4)の容器をあけるように、ネジを廻しながら、上下に開いた。

「そら、ね、中が空虚《から》になっている。銅貨で作った何かの容器なんだ。なんと精巧な細工じゃないか。ちょっと見たんじゃ、普通の二銭銅貨とちっとも変りがないからね。これを見て、俺は思い当ったことがあるんだ。俺はいつか牢破りの人が用いるという、鋸《のこぎり》の話を聞いたことがある。それは懐中時計のゼンマイに歯をつけた、小人島の帯鋸《おびのこ》見たようなものを、二枚の銅貨を擦《す》りへらして作った容器の中へ入れたもので、これさえあれば、どんな厳重な牢屋の鉄の棒でも、なんなく切り破って脱牢するんだそうだ。なんでも元は外国の泥棒から伝わったものだそうだがね。そこで俺は、この二銭銅貨も、そうした泥棒の手から、どうかして紛《まぎ》れ出したものだろうと想像したんだ。だが、妙なことはそればかりじゃなかった。というのは、俺の好奇心を、二銭銅貨そのものよりも、もっと挑発したところの、一枚の紙片がその中から出て来たんだ。それはこれだ」

陀、無弥仏、南無弥仏、阿陀仏、
南無阿陀、弥、阿弥陀、無陀、
南無陀仏、弥、阿弥陀、無陀、陀、
南無陀仏、南無仏、陀、無阿弥陀、

無陀、南仏、南陀、無弥、
無阿弥陀仏、南無阿陀、弥、阿弥、
無阿弥、南陀仏、南阿弥陀、阿陀、
南弥、南無弥仏、無阿弥陀、
南無弥陀、南弥、南無弥仏、
無阿弥陀、南無陀、南無阿、阿陀仏、
無阿弥、南阿、南阿仏、陀、南阿陀、
南無、無弥仏、南弥仏、阿弥、
南無陀仏、弥、阿弥陀、無陀、
南無阿弥陀、阿陀仏、

それは、昨夜松村が一生懸命に研究していた、あの薄い小さな紙片であった。その二寸四方ほどの薄葉《うすよう》らしい日本紙には、細い字で右のような、訳のわからぬものが書きつけてあった。

「この坊主の寝言見たようなものは、なんだと思う。俺は最初は、いたずら書きだと思った。前非《ぜんぴ》を悔いた泥棒かなんかが、罪亡《つみほろ》ぼしに南無阿弥陀仏《なむあみだぶつ》を沢山並べて書いたのかと思った。そして、牢破りの道具の代りに銅貨の中へ入れておいたのじゃないかと思った。が、それにしては、南無阿弥陀仏と続けて書いてないのがおかしい。陀とか、無弥仏とか、ことごとく南無阿弥陀仏の六字の範囲内ではあるが、完全に書いたのは一つもない。一字きりのやつもあれば、四字五字のやつもある。俺は、こいつはただの悪戯《いたずら》書きではないと感づいた。ちょうどその時、君が湯屋から帰って来た足音がしたんだ。俺は急いで、二銭銅貨とその紙片を隠した。どうして隠したというのか。俺にもはっきりわからないが、たぶんこの秘密を独占したかったのだろう。そしてすべてが明《あきら》かになってから君に見せて、自慢したかったのだろう。ところが、君が梯子段を上がっている間に、俺の頭に、ハッとするようなすばらしい考えが閃《ひらめ》いたんだ。

「というのは、例の紳士泥棒のことだ。五万円の紙幣をどこへ隠したのか知らないが、まさか、刑期が満つるまで其のままでいようとは、あいつだって考えないだろう。そこで、あいつには、あの金を保管させるところの手下乃至《ないし》は相棒といったようなものがあるに相違ない。今仮にだ、あいつが不意の捕縛のために、五万円の隠し場所を相棒に知らせる暇がなかったとしたらどうだ。あいつとしては、未決監《みけつかん》に居るあいだに、何かの方法でそのなかまに通信するほかはないのだ。このえたいの知れない紙片が、若しやその通信文であったら……こういう考えが俺の頭に閃いたんだ。むろん空想さ。

だがちょっと甘い空想だからね。そこで、君に二銭銅貨の出所についてあんな質問をしたわけだ。ところが君は、煙草屋の娘が監獄の差入屋へ嫁《とつ》いでいるというではないか。未決監に居る泥棒が外部と通信しようとすれば、差入屋を媒介者にするのが最も容易だ。そして、若しその目論見が何かの都合で手違いになったとしたら、その通信は差入屋の手に残っているはずだ。それが、その家の女房《にょうぼう》によって親類の家に運ばれないと、どうして云えよう。さア、俺は夢中になってしまった。

「さて、若しこの紙片の無意味な文字が一つの暗号文であるとしたら、それを解くキイは何だろう。俺はこの部屋の中を歩きまわって考えた。可なりむずかしい、全部拾って見ても、南無阿弥陀仏の六字と読点だけしかない。この七つの記号をもってどういう文句が綴《つづ》れるだろう。俺は暗号文については、以前にちょっと研究したことがあるんだ。シャーロック・ホームズじゃないが、百六十種くらいの暗号の書き方は俺だって知っているんだ。(注5)(Dancing Men 参照)。で、俺は、俺の知っている限りの暗号記法を、一つ一つ頭に浮かべて見た。そして、この紙切れのやつに似ているのを探した。ずいぶん手間取った。確か、その時君が飯屋へ行くことを勧めたっけ。俺はそれをことわって一所懸命考えた。で、とうとう少しは似た点があると思うのを二つだけ発見した。その一つは(注6)Bacon の発見した two letters 暗号法というやつで、それは a

とbとのたった二字のいろいろな組合せで、どんな文句でも綴ることが出来るのだ。例えばflyという言葉を現わすためにはaabab,aabba,ababa.と綴るといった調子のものだ。も一つは、チャールズ一世の王朝時代に、政治上の秘密文書に盛んに用いられたやつで、アルファベットの代りに、一と組の数字を用いる方法だ。例えば……」

松村は机の隅に紙片をのべて、左のようなものを書いた。

A　B　C　D………

1111　1112　1121　1211…………

「つまりAの代りには一千百十一を置き、Bの代りには一千百十二を置くといったふうのやり方だ。俺は、この暗号も、それらの例と同じように、いろは四十八字を、南無阿弥陀仏をいろいろに組合せて置き換えたものだろうと想像した。さて、こいつを解く方法だが、これが英語か仏蘭西《フランス》語か独逸《ドイツ》語なら、ポーのGold bug(注7)にあるようにeを探しさえすれば訳はないんだが、困ったことに、こいつは日本語に相違ないんだ。念のためにちょっとポー式のディシファリングを試みて見たが、少しも解けない。俺はここでハタと行き詰ってしまった。六字の組合せ、六字の組合せ、俺はそればかり考えて又座敷を歩きまわった。六字という点に、何か暗示がないかと考えた。そして六つの数で出来ているものを、思い出せるだけ思い出して見た。

南陀仏	無阿弥	阿弥	弥	南無阿陀	無阿弥陀仏	無弥	南陀	南仏	無陀	無阿弥陀	陀	南無仏	陀仏
●●●	●●●	●●	●	●●●●	●●●●●	●●	●●	●●	●●	●●●●	●	●●●	●●
サ	ノ	ヤ	拗音符	チ	モ	オ	ラ	カ	ー	ド	濁音符	キ	ジ

阿陀仏	南無阿弥陀	無陀	阿弥陀	弥	南無陀仏	阿弥	南弥仏	無弥仏	南無	南阿陀	陀	南阿仏	
●●●	●●●●●	●●	●●●	●	●●●●	●●	●●●	●●●	●●	●●●	●	●●●	
ン	テ	ー	ヨ	拗音符	シ	ヤ	ク	コ	イ	ダ	濁音符	ハ	ナ

「滅多やたらに六という字のつくものを並べているうちに、ふと、講談本で覚えたところの真田《さなだ》幸村《ゆきむら》の旗印《はたじるし》の六連銭《ろくれんせん》を思い浮かべた。そんなものが暗号になんの関係もあるはずはないのだが、どういうわけか「六連銭」と、口の中でつぶやいた。すると、するとだ。インスピレーションのように、俺の記憶から飛び出したものがある。それは、六連銭をそのまま縮小したような形をしている盲人の使う点字であった。俺は思わず「うまい」と叫んだよ。だって、なにしろ五万円の問題だからなあ。俺は点字について詳しくは知らなかったが、六つの点の組合せということだけは記憶していた。そこで、さっそく按摩を呼んで来て伝授にあずか

陀	無弥仏	南無弥仏	阿陀仏	南無阿陀	弥	阿弥陀	無陀	南無陀仏	弥	阿弥陀	無陀	陀	南無
濁音符	ゴ	ケ	ン	チ	拗音符	ヨ	ー	シ	拗音符	ヨ	ー	濁音符	

南阿弥陀	阿陀	南弥	南無弥仏	無阿弥陀	南無弥陀	南弥	南無弥仏	無阿弥陀	南無陀	南無阿	阿陀仏	無阿弥	南阿
ツ	ヲ	ウ	ケ	ト	レ	ウ	ケ	ト	リ	ニ	ン	ノ	

ったというわけだ。これが按摩の教えてくれた点字のいろはだ」

そういって松村は、机の抽斗《ひきだし》から一枚の紙片を取り出した。それには、点字の五十音、濁音符、半濁音符、拗音《ようおん》符、長音符、数字などが、ズッと並べて書いてあった。

「今、南無阿弥陀仏を、左から始めて三字ずつ二行に並べれば、この点字と同じ配列になる。南無阿弥陀仏の一字ずつが、点字の各々《おのおの》の一点に符合するわけだ。そうすれば、点字のアは南、イは南無と、いうぐあいに当てはめることが出来る。この調子で解けばいいのだ。そこで、これは、俺が昨夜この暗号を解いた結果だがね。一ばん上の行が原文の南無阿弥陀仏を点字と同じ配列にしたもの、まん中の行がそれに符合する点字、そして一ばん下の行が、それを翻訳したものだ」

こういって、松村は又もや図に示したような紙片を取り出したのである。

「ゴケンチヨーシヨージキドーカラオモチヤノサツヲウケトレウケトリニンノナハダイコクヤシヨーテン。つまり、五軒町《ごけんちょう》の正直堂から玩具《おもちゃ》の札を受取れ、受取人の名は大黒屋商店というのだ。意味はよくわかる。だが、何のために玩具の紙幣なんかを受取るのだろう。そこで俺は又考えさせられた。しかし、この謎は割合い簡単に解くことが出来た。そして、俺はつくづくあの紳士泥棒の、頭がよくって敏捷《びんしょう》で、なおその上に小説家のようなウイットを持っていることに感心してしまった。エ、君、玩具の紙幣とはすてきじゃないか。

「俺はこう想像したんだ。そして、それが幸いにもことごとく的中したわけだがね。紳士泥棒は、万一の場合をおもんぱかって、盗んだ金の最も安全な隠し場所を、あらかじめ用意しておいたに相違ないんだ。さて、世の中に一ばん安全な隠し方は、隠さないで隠すことだ。衆人の目の前に曝《さら》しておいて、しかも誰もがそれに気づかないというような隠し方が最も安全なんだ。恐るべきあいつは、この点に気づいたんだ。と、想像するのだがね。で、玩具の紙幣という巧妙なトリックを考え出した。俺は、この正直堂というのは、たぶん玩具の札なんかを印刷する店だと想像した。——これも当っておったがね。——そこへ、あいつは大黒屋商店という名で、あらかじめ玩具の札を注文しておいたんだ。

「近頃、本物と寸分違わないような玩具の紙幣が、花柳界などで流行しているそうだ。それは誰かから聞いたっけ。ああ、そうだ。君がいつか話したんだ。ビックリ函《ばこ》だとか、本物とちっとも違わない、泥で作った菓子や果物だとか、蛇の玩具だとか、ああしたものと同じように、女の子を吃驚《びっくり》させて喜ぶ粋人《すいじん》の玩具だといってね。だから、あいつが本物と同じ大きさの札を注文したところで、ちっとも疑いを受けるはずはないんだ。こうしておいて、あいつは、本物の紙幣をうまく盗み出すと、たぶんその印刷屋へ忍び込んで、自分の注文した玩具の札と擦り換えておいたんだ。そうすれば、注文主が受取りに行くまでは、五万円という天下通用の紙幣が、玩具の札として、安全に印刷屋の物置に残っているわけだからね。

「これは単に俺の想像かも知れない。だが、ずいぶん可能性のある想像だ。俺はとにかく当って見ようと決心した。地図で五軒町という町を探すと、神田《かんだ》区内にあることがわかった。そこでいよいよ玩具の札を受取りに行くのだが、こいつがちょっとむずかしい。というのは、この俺が受取りに行ったという痕跡を、少しだって残してはならないんだ。もしそれがわかろうものなら、あの恐ろしい悪人がどんな復讐をするか、思っただけでも気の弱い俺はゾッとするからね。とにかく、出来るだけ俺でないように見せなければいけない。そういうわけで、あんな変装をしたんだ。俺はあの十円で、頭の先から足の先まで身なりを変えた。これを見たまえ、これなんかちょっといい思いつきだろう」

そういって、松村はそのよく揃った前歯を出して見せた。そこには、私が先程から気づいていたところの、一本の金歯が光っていた。彼は得意そうに、指の先でそれをはずして、私の眼の前へつき出した。

「これは夜店で売っている、ブリキに鍍金《めっき》したやつだ。ただ歯の上に冠せておくだけの代物さ。わずか二十銭のブリキのかけらが大した役に立つからね。金歯というやつはひどく人の注意を惹《ひ》くものだ。だから、後日俺を探すやつがあるとしたら、先ずこの金歯を眼印にするだろうじゃないか。

「これだけの用意が出来ると、俺は今朝早く五軒町へ出掛けた。一つ心配だったのは玩具の札の代金のことだった。泥棒のやつ、きっと、転売なんかされることを恐れて、前金で支払っておいただろうとは思ったが、若しまだだったら、少くとも二、三十円は入用だからね。あいにくわれわれにはそんな金の持ち合せがない。なあに、なんとかごまかせばいいと高《たか》をくくって出掛けた。――案の定、印刷屋は金のことなんか一言も云わないで、品物を渡してくれたよ。――かようにして、まんまと首尾よく五万円を横取りしたわけさ。……さてその使途だ。どうだ何か考えはないかね」

松村が、これほど興奮して、これほど雄弁に喋ったことは珍しい。私はつくづく五万円という金の偉力に驚嘆した。私は其の都度、形容する煩《はん》を避けたが、松村がこの苦心談をしているあいだの嬉しそうな様というものは、まったく見ものであった。彼ははしたなく喜ぶ顔を見せまいとして、大いに努力しておったようであるが、努めても、努めても、腹の底から込み上げて来る、なんとも云えぬ嬉しそうな笑顔は隠すことが出来なかった。話のあいだあいだにニヤリと洩《も》らす、その形容のしようもない、狂気のような笑いを、私はむしろ凄いと思った。しかし、昔千両の富籤に当って発狂した貧乏人があったという話もあるのだから、松村が五万円に狂喜するのは決して無理ではなかった。

私はこの喜びがいつまでも続けかしと願った。松村のためにそれを願った。だが、私には、どうすることも出来ぬ一つの事実があった。止めようにも止めることの出来ない笑いが爆発した。私は笑うんじゃないと自分自身を叱《しか》りつけたけれども、私の中の小さな悪戯好きの悪魔が、そんなことにはへこたれないで私をくすぐった。私は一段と高い声で、最もおかしい笑劇を見ている人のように笑った。松村はあっけにとられて、笑いころげる私を見ていた。そしてちょっと変なものにぶっつかったような顔をして云った。

「君、どうしたんだ」

私はやっと笑いを噛《か》み殺してそれに答えた。

「君の想像力は実にすばらしい。よくこれだけの大仕事をやった。俺はきっと今までの数倍も君の頭を尊敬するようになるだろう。なるほど君の云うように、頭のよさでは敵《かな》わない。だが、君は、現実というものがそれほどロマンチックだと信じているのかい」

松村は返事もしないで、一種異様の表情をもって私を見詰めた。

「言い換えれば、君は、あの紳士泥棒にそれほどのウイットがあると思うのかい。君の想像は、小説としては実に申し分がないことを認める。けれども世の中は小説よりはもっと現実的だからね。そして、若し小説について論じるのなら、俺は少し君の注意を惹きたい点がある。それは、この暗号文には、もっとほかの解き方はないかということだ。君の翻訳したものを、もう一度翻訳する可能性はないかということだ。例えばだ、この文句を八字ずつ飛ばして読むというようなことは出来ないことだろうか」

私はこういって、松村の書いた暗号の翻訳文に左のような印をつけた。

ゴケンチヨーシヨージキドーカラオモチヤノサツヲウケトレウケトリニンノナハダ、イコクヤシヨーテン

「ゴジヤウダン。君、この『御冗談』というのはなんだろう。エ、これが偶然だろうか。誰かの悪戯だという意味ではないだろうか」

松村は物をも云わず立ち上がった。そして五万円の札束だと信じきっているところの、かの風呂敷包みを私の前へ持って来た。

「だが、この事実をどうする。五万円という金は、小説の中からは生れないぞ」

彼の声には、果し合いをする時のような真剣さがこもっていた。私は恐ろしくなった。そして、私のちょっとしたいたずらの、予想外に大きな効果を、後悔しないではいられなかった。

「俺は、君に対して実に済まぬことをした。どうか許してくれ。君がそんなに大切にして持って来たのは、やはり玩具の札なんだ。まあそれを開いてよく調べて見たまえ」

松村は、ちょうど闇の中で物を探るような、一種異様な手つきで——それを見て、

私はますます気の毒になった――長いあいだかかって風呂敷包みを解いた。そこには、新聞紙で丁寧に包んだ、二つの四角な包みがあった。そのうちの一つは新聞紙が破れて中味が現われていた。

「俺は途中でこれを開いて、この眼で見たんだ」

松村は喉《のど》につかえたような声で云って、なおも新聞紙をすっかり取り去った。

それは、如何にも真にせまった贋物《にせもの》であった。ちょっと見たのでは、すべての点が本物であった。けれども、よく見るとそれらの札の表面には、圓《えん》という字の代りに團《だん》という字が、大きく印刷されてあった。十圓、二十圓ではなくて、十團、二十團であった。松村はそれを信ぜぬように、幾度も幾度も見直していた。そうしているうちに、彼の顔からはあの笑いの影がすっかり消え去ってしまった。そして、後には深い深い沈黙が残った。私は済まぬという気持で一杯であった。私は、私の遣《や》り過ぎたいたずらについて説明した。けれども、松村はそれを聞こうともしなかった。その日一日はただ唖者のように黙り込んでいた。

これで、このお話はおしまいである。けれども、読者諸君の好奇心を充たすために、私のいたずらについて、一言説明しておかねばならぬ。正直堂という印刷屋は、実は私の遠い親戚であった。私は或る日、せっぱ詰った苦しまぎれに、そのふだんは不義理を重ねているところの親戚のことを思い出した。そして「いくらでも金の都合がつけば」と思って、進まぬながら久し振りでそこを訪問した。——むろんこのことについては松村は少しも知らなかった。——借金の方は予想通り失敗であったが、その時図《はか》らずも、あの本物と少しも違わないような、其の時は印刷中であったところの玩具の札を見たのである。そしてそれが、大黒屋という長年の御得意先の注文品だということを聞いたのである。

私はこの発見をわれわれの毎日の話柄《わへい》となっていた、あの紳士泥棒の一件と結びつけて、一と芝居打って見ようと、下らぬいたずらを思いついたのであった。それは、私も松村と同様に、頭のよさについて、私の優越を示すような材料が摑《つか》みたいと、日頃から熱望していたからでもあった。

あのぎごちない暗号文は、もちろん私の作ったものであった。しかし、私は松村のように外国の暗号史に通じていたわけではない。ただちょっとした思いつきに過ぎなかったのだ。煙草屋の娘が差入屋へ嫁いでいるということも、やはり出鱈目であった。第一、その煙草屋に娘があるかどうかさえ怪しかった。ただ、このお芝居で、私の最も危ぶんだのは、それらのドラマチックな方面ではなくて、最も現実的な、しかし全体から見ては極めて些細《ささい》な、少し滑稽味《こっけいみ》を帯びた、一つの点であった。それは私が見たところのあの玩具の札が、松村が受取りに行くまで、配達されないで、印刷屋に残っているかどうかということであった。

玩具の代金については、私は少しも心配しなかった。私の親戚と大黒屋とは延取引《のべとりひき》であったし、其の上もっといい事は、正直堂が極めて原始的な、ルーズな商売のやり方をしておったことで、松村は別段、大黒屋の主人の受取証を持参しないでも失敗するはずはなかったからである。

最後に、あのトリックの出発点となった二銭銅貨については、私はここに詳しい説明を避けねばならぬことを遺憾《いかん》に思う。若し、私がへまなことを書いては、後日、あの品を私にくれた或る人が、飛んだ迷惑をこうむるかも知れないからである。読者は、私が偶然それを所持していたと思って下さればよいのである。

（「新青年」大正十二年四月号）

注1　約五万円
　現在の二千万円ほどと考えられる。
注2　五千円
　現在の二百万円ほど。

注3　十円
現在の七、八千円ほど。

注4　宝丹
江戸末期に発売され、コレラの予防薬としても宣伝された気付け薬。薄く丸い缶で販売された。

注5　Dancing Men
コナン・ドイルの短篇「踊る人形」。百六十種の暗号を分析した小論文を書いたというホームズの台詞がある。

注6　Bacon
フランシス・ベーコン（一五六一～一六二六）。イギリスの哲学者。著書『学問の進歩』に暗号に関する記述がある。

注7　Gold bug
「黄金虫」。英語で最も使用される文字はｅ、最も使用される単語はｔｈｅ、ということから各記号がどの文字と置き換えられているか推定していく。

二癈人

二人は湯からあがって、一局囲んだ後を煙草《たばこ》にして、渋い煎茶《せんちゃ》をすすりながら、いつものようにポツリポツリと世間話を取りかわしていた。おだやかな冬の日光が障子《しょうじ》いっぱいにひろがって、八畳の座敷をほかほかと暖めていた。大きな桐《きり》の火鉢には銀《ぎん》瓶《びん》が眠けをさそうような音をたててたぎっていた。夢のようにのどかな冬の温泉場の午後であった。

無意味な世間話がいつの間にか、懐旧談にはいって行った。客の斎藤《さいとう》氏は青島役《チンタオえき》の実戦談を語りはじめていた。部屋のあるじの井原《いはら》氏は火鉢に軽く手をかざしながら、だまってその血腥《ちなまぐさ》い話に聞き入っていた。かすかに鶯《うぐいす》の遠音が、話の合の手のように聞こえて来たりした。昔を語るにふさわしい周囲の情景だった。

斎藤氏の見るも無慚《むざん》に傷ついた顔面はそうした武勇伝の話し手としては至極似つかわしかった。彼は砲弾の破片に打たれて出来たという、その右半面の引釣《ひきつ》りを指さしながら、当時の有様を手にとるように物語るのだった。そのほかにも、身体《からだ》じゅうに数カ所の刀傷があり、それが冬になると痛むので、こうして湯治に来るのだといって、肌をぬいでその古傷を見せたりした。

「これで、私も若い時分には、それ相当の野心を持っていたんですがね。こういう姿になっちゃおしまいですよ」

斎藤氏はこういって長い実戦談の結末をつけた。

井原氏は、話の余韻《よいん》でも味わうようにしばらくだまっていた。

「この男は戦争のお蔭《かげ》で一生台無しにしてしまった。お互いに癈人なんだ。が、この男はまだ名誉という気安めがある。しかし俺には……」

井原氏は又しても心の古傷に触れてヒヤリとした。そして肉体の古傷に悩んでいる斎藤氏などは、まだまだ仕合わせだと思った。

「こんどは一つ私の懺悔話《ざんげばなし》を聞いていただきましょうか。勇ましい戦争のお話の後で、少し陰気すぎるかも知れませんが」

お茶を入れかえて一服すると、井原氏はいかにも意気込んだようにこんなことをいった。

「ぜひ伺いたいもんですね」

斎藤氏は即座に答えた。そしてなにごとかを待ち構えるようにチラと井原氏の方を見たが、すぐ、さりげなく眼《め》を伏せた。

井原氏はその瞬間、おやッと思った。井原氏は今チラと彼の方を見た斎藤氏の表情に、どこか見覚えがあるような気がしたのだった。彼は斎藤氏と初対面の時から――といっても十日ばかり以前のことだが――何かしら、二人の間に前世の約束とでもいったふうのひっかかりがあるような気がしていた。そして、日がたつにつれて、だんだんその感じが深くなっていった。でなければ、宿も違い、身分も違う二人が、わずか数日の間にこんなに親しくなるはずがないと井原氏は思った。

「どうも不思議だ。この男の顔は確かどこかで見たことがある」しかしどう考えて見ても思い出せなかった。「ひょっとしたら、この男と俺とは、ずっとずっと昔の、たとえばもの心のつかぬ子供の時分の遊び友達でもあったのではあるまいか」そんなふうに思えば、そうとも考えられるのだった。

「いや、さぞかし面白いお話が伺えることでしょう。そういえば、今日は何んだか昔を思い出すような日和《ひより》ではありませんか」

斎藤氏はうながすようにいった。

井原氏は恥かしい自分の身の上を、これまで人に話したことはなかった。むしろ出来るだけ隠しておこうとしていた。自分でも忘れようとつとめていた。それが、今日はどうしたはずみか、ふと話して見たくなった。

「さあ、どういうふうにお話ししたらいいか……私は××町でちょっと古い商家の総領《そうりょう》(注1)に生れたのですが、親に甘やかされたのが原因でしょう、小さい時から病身で、学校などもそのために二年おくれたほどですが、そのほかにはこれという不都合もなく、小学から中学、それから東京の××大学と、人様よりはおくれながらも、まずまず順当に育っていったのでした。東京へ出てから身体の方も順調に行きますし、そこへ学科が専門になるにつれて興味を生じて来、ぽつぽつ親しい友達も出来て来るというわけで、不自由な下宿生活もかえって楽しく、まあなんの屈託《くったく》もない学生生活を送っていたのでした。今から考えますと、ほんとうにあの頃が私の一生中での花でしたよ。ところが東京へ出て一年経つか経たない頃でした。私はふと或る恐ろしい事柄に気づくようになったのです」

ここまで話すと、井原氏はなぜかかすかに身震いした。斎藤氏は吸いさしの巻煙草を火鉢に突き差して熱心に聞きはじめた。

「ある朝のことでした。私がこれから登校しようと、身支度をしていますと、同じ下宿にいる友達が私の部屋へはいって来ました。そして私が着物を着かえたりするのを待ち合わせながら『昨夜は大変な気焰《きえん》だったね』と冷やかすように云うではありませんか。しかし私には、いっこうその意味がわからないのです。『気焰って、昨夜僕が気焰を吐いたとでもいうのかい』私がけげん顔に聞き返しますと、友達はやにわに腹をかかえて笑い出し『君は今朝はまだ顔を洗わないんだろう』とからかうのです。でよく聞きただしてみますと、その前の晩の夜ふけに、友達の寝ている部屋へ私がはいっていって、友達をたたき起して、やにわに議論をはじめたのだそうです。なんでも、プラトンとアリストテレスとの婦人観の比較論か何かを滔々《とうとう》と弁じたてたそうですが、自分が云いたいだけいってしまうと、友達の意見なんか聞きもしないで、サッサと引き上げてしまったというのです。どうも狐《きつね》にでもつまれたような話なんです。『君こそ夢でも見たんだろう。僕は昨夜は早くから床にはいって今しがたまでぐっすり寝込んでいたんだもの、そんなことのありそうな道理がない』と云いますと、友達は『ところが夢でない証拠には、君が帰ってから僕が寝つかれないで永い間読書していたくらいだし、何より確かなのは、見たまえこの葉書を、その時書いたんだ。夢で葉書を書くやつもないからね』と、むきになって主張するのです。

「そんなふうに押問答をしながら、結局あやふやで、その日は学校へ行ったことですが、教室へはいって講師の来るのを待っている間に、友達が考え深そうな眼をして『君はこれまでに寝とぼける習慣がありはしないか』とたずねるのです。私はそれを聞くと、何んだか恐ろしいものにぶつかったように、思わずハッとしました。

「私にはそういう習慣があったのです。私は小さい時分から寝言をよく云ったそうですが、誰かがその寝言にからかいでもすると、私は寝ていてハッキリ問答したそうです。しかも朝になっては少しもそれを記憶していないのです。珍しいというので、近所の評判になっていたほどなんです。でも、それは小学校時代の出来事で、大きくなってからは忘れたようになおっていたのですが、今友達にたずねられると、どうやらこの幼時の病癖と昨夜の出来事とに脈絡がありそうな気がするのです。で、そのことを話しますと、『では、それが再発したんだぜ。つまり一種の夢遊病なんだね』友達は気の毒そうにこんなことをいうのです。

「さあ、私は心配になって来ました。私は夢遊病がどんなものか、ハッキリしたことはむろん知りませんでしたが、夢中遊行、離魂《りこん》病、夢中の犯罪などという熟語が気味わるく浮んで来るのです。第一、若い私には寝とぼけたというようなことが恥かしくてならなかったのです。もしそんなことがたびたび起るようだったらどうしようと、私はもう気が気でありません。そのことがあって二、三日してから、私は勇気を鼓《こ》して知合いの医者のところへ出掛けて相談して見ました。ところが医者の云いますのには『どうも夢中遊行症らしいが、しかし、いちどぐらいの発作でそんなに心配しなくともよい、そうして神経を使うのがかえって病気を昂進《こうしん》させる元だ。なるべく気をしずめて、呑気《のんき》に、規則正しい生活をして、身体を丈夫にしたまえ。そうすれば、自然そんな病気もなおってしまう』という至極楽天的な話なんです。で、私もあきらめて帰ったのですが、不幸にして私という人間は、生れつき非常な神経病みでして、いちどそんなことがあると、もうそれが心配で心配で、勉強なども手につかぬという有様でした。

「どうかこれきり再発しなければいいがと、その当座は毎日ビクビクものでしたが、仕合わせと一月ばかりというものはなにごともなく過ぎてしまいました。ヤレヤレ助かったと思っていますと、どうでしょう、それも束《つか》の間《ま》の糠悦《ぬかよろこ》びで、間もなく今度は以前よりもひどい発作が起り、なんと私は夢中で他人の品物を盗んでしまったのです。

「朝眼をさまして見ますと、私の枕下《まくらもと》に見知らぬ懐中時計が置いてあるではありませんか、妙だなと思っているうちに、同じ下宿にいた、会社員の男が『時計がない、時計がない』という騒ぎなんでしょう。私は『さては』とさとったのですが、何ともきまりが悪くて謝りに行くにも行けないという始末です。とうとう以前の友達を頼んで、私が夢遊病者だということを証明してもらって時計を返し、やっとその場はおさまったのですが、さあそれからというものは『井原は夢遊病者だ』という噂《うわさ》がパッとひろがってしまって、学校の教室での話題にさえ上るという有様でした。

「私はどうかして、この恥かしい病をなおしたいと、その方面の書物を買い込んで読んでみたり、いろいろの健康法をやってみたり、もちろん数人も医者をかえて見てもらうというわけで、出来るだけ手をつくしたのですが、どうして癒《なお》るどころか、だんだん悪くなって行くばかりです。月にいちど、ひどい時には二度ぐらいずつ必ず例の発作がおこり、少しずつ夢中遊行の範囲が広くなって行くという始末です。そして、そのたびごとに他人の品物を持ってくるか、自分の持物を持って行った先へ落してくるのです。それさえなければ他人に知られずに済むこともあったのでしょうが、悪いことには、たいてい何か証拠品が残るのです。それとも若《も》しかしたら、そうでない場合にもたびたび発作を起していても、証拠品がないために知らずにしまったのかも知れません。何にしても我ながら薄気味のわるい話でした。ある時などは真夜中に下宿屋から抜け出して、近所のお寺の墓地をうろついていたことなどもありました。拍子のわるいことには、ちょうどその時、墓地の外の往来を、同じ下宿屋にいる或る勤め人が宴会の帰りかなんかで通り合わせて、低い生垣《いけがき》越しに私の姿をみとめ、あすこには幽霊が出るなどと云いふらしたものですから、実はそれが私だったとわかると、さあ大変な評判なんです。

「そんなふうで私はいいもの笑いなんです。なるほど、他人から見れば(注2)曾我廼家《そがのや》以上の喜劇でもありましょうが、当時の私の身にとっては、それがどんなにつらく、どんなに気味のわるいことだったか、その気持は、とても当人でなければわかりっこありませんよ。はじめの間は、今夜も失策をしやしないか、今夜も寝とぼけやしないかと、それが非常に恐ろしかったのですが、だんだん、単に睡《ねむ》るということが恐ろしくなって来ました。いや睡る睡らないにかかわらず、夜になると寝床にはいらなければならぬということが強迫観念になって来ました。そうなると、ばかげた話ですが、自分のでなくても、夜具というものを見るのが、いうにいわれぬいやな心持なんです。普通の人たちには一日中でもっとも安らかな休息時間が、私にはもっとも苦しい時なのです。なんという不幸な身の上だったのでしょう。

「それに、私にはこの発作が起り始めた時から、一つ恐ろしい心配があったのです。というのは、いつまでもこのような喜劇が続いて、人のもの笑いになっているだけで済めばいいが、もしこれがいつの日か取りかえしのつかぬ悲劇を生むことになりはしないか、という点でした。私は先にも申上げましたように、夢遊病に関する書物は出来るだけ手をつくして蒐集《しゅうしゅう》し、それをいくどもいくども読み返していたくらいですから、夢遊病者の犯罪の実例などもたくさん知っていました。そして、その中には数々の身震いするような血なまぐさい事件が含まれていたのです。気の弱い私がどんなにそれを心配したか、蒲団《ふとん》を見てさえ気持がわるくなるというのも決して無理ではなかったのです。やがて私もこうしてはいられないと気がつきました。いっそ学業をなげうって国許《くにもと》に帰ろうと決心したのです。で或る日、それは最初の発作が起ってからもう半年あまりもたった頃でしたが、長い手紙を書いて親たちのところへ相談してやりました。そして、その返事を待っている間に、どうでしょう。私の恐れに恐れていた出来事が、とうとう実現してしまったのです。私の一生涯をめちゃめちゃにしてしまうような、とり返しのつかぬ悲劇が持ち上がったのです」

斎藤氏は身動きもしないで謹聴していた。しかし彼の眼は物語の興味に引きつけられているという以上に、何事かを語っているように見えた。正月の書き入れ時もとくに過ぎた温泉場は、湯治客も少なく、ひっそりとして物音一つしなかった。小鳥の啼《な》き声ももう聞こえて来なかった。実世間というものから遠く切離《きりはな》された世界に、二人の癈人は異常な緊張をもって相対していた。

「それは忘れもしない、ちょうど今から二十年前の秋のことです。ずいぶん古い話ですがね。ある朝眼をさましますと、何となく家の中がざわついていることに気づきました。傷持つ足の私は又何か失策をやったのではないかと、すぐいやな気持に襲われるのでしたが、しばらく寝ながら様子を考えているうちに、どうもただ事でないという気がし出しました。なんともいえぬ恐ろしい予感が、ゾーッと背中を這い上がって来るのです。私はおずおずしながら、部屋の中をずっと見廻しました。すると、何となく様子が変なのです。部屋の中に、昨夜私が寝た時とはどことなく変ったところがあるような気がするのです。で、起き上がってよく調べて見ますと、案の定、変なものが眼にはいりました。部屋の入口のところに見覚えのない小さな風呂敷包みが置いてあるではありませんか。それを見た私は、何ということでしょう、やにわにそれをつかんで押入れの中へ投げ込んでしまったのです。そして、押入れの戸を締めると盗人のようにあたりを見廻して、ほっと溜息《ためいき》をつくのでした。ちょうどその時音もなく障子をあけて一人の友達が首を出しました。そして小さな声で『君、大変だよ』といかにもことありげにささやくのです。私は今の挙動をさとられやしなかったかと気が気でなく、返事もしないでいますと、『老人が殺されているんだ。昨夜泥棒がはいったんだよ。まあちょっと来て見たまえ』そういって友達は行ってしまいました。私はそれを聞くと、喉が塞《ふさ》がったようになって、しばらくは身動きも出来ませんでしたが、やっと気を取りなおして様子を見に部屋を出て行きました。そして私は何を見、何を聞いたのでしょう。……その時の何ともいえぬ変な心持というものは、二十年後の唯今でも、昨日のことのようにまざまざと思い出されます。ことにあの老人の物凄い死に顔は、寝ても覚めても、この眼の前にちらついて離れる時がありません」

井原氏は恐れに耐えぬように、あたりを見廻した。

「で、その出来事をかいつまんで申上げますと、その夜、ちょうど息子夫婦が泊りがけで親戚へ行っていたので、下宿の老主人は唯一人、玄関脇の部屋に寝ていたのですが、いつも朝起きの主人がその日に限っていつまでも寝ているので、女中の一人が不審に思ってその部屋をのぞいて見ますと、老人は寝床の中に仰臥《ぎょうが》したまま、巻いて寝ていたフランネルの襟巻《えりまき》で絞殺されて冷たくなっていたのです。取調べの結果、犯人は老人を殺しておいて、老人の巾着《きんちゃく》から鍵を取出し、箪笥《たんす》の抽斗《ひきだし》をあけ、その中の手提金庫から多額の債券や株券を盗み出したことがわかりました。何分その下宿屋は、夜ふけに帰って来る客のために、いつだって入口の戸に鍵をかけたことがないのですから、賊の忍び入るにはお誂《あつら》え向きなんですが、そのかわりによくしたもので、殺された老主人がばかに眼敏《めざと》い男なので、めったなこともなかろうと、皆安心していたわけなんです。現場には別段これという手掛りも発見されなかったらしいのですが、唯一つ老主人の枕下に一枚のよごれたハンカチが落ちていて、それをその筋の役人が持っていったという噂なんです。

しばらくすると、私は自分の部屋の押入れの中には、そら、例の風呂敷包みがあるのです。それを調べてみて、もし殺された老人の財産がはいっていたら……まあその時の私の心持をお察し下さい。ほんとうに命懸けの土壇場《どたんば》です。私は長い間、そうして寿命の縮む思いをしながらも、どうしても押入れがあけられないで立ちつくしていましたが、ついに意を決して風呂敷包みを調べてみたのです。その途端私はグラグラと眩暈《めまい》がして、しばらく気を失ったようになってしまいました。……あったのです。その風呂敷包みの中に、債券と株券がちゃんとはいっていたのです……。現場に落ちていたハンカチも私のものだったことが後になってわかりました。

「結局、私はその日のうちに自首して出ました。そしていろいろの役人にいくたびとなく取調べを受けた上、思い出してもゾッとする未決監《みけっかん》へ入れられたのです。私はなんだか白昼悪夢にうなされている気持でした。夢遊病者の犯罪というものがあまり類例がないことなので、専門医の鑑定だとか、下宿人たちの証言だとか、いろいろ手数のかかる取調べがありましたが、私が相当の家の息子で金のために殺人を犯す道理がないこともわかっていましたし、私が夢遊病者だということは友人などの証言で明白なことですし、それに、国の父親が上京して三人も弁護士を頼んで骨折ってくれたり、最初夢遊病を発見した友達――それは木村《きむら》という男でしたが――その男が学友を代表して熱心に運動してくれたり、その他いろいろ私にとって有利な事情がそろっていたためでありましょう、長い未決監生活の後、ついに無罪の判決が下されました。さて無罪になったものの、人殺しという事実は、ちゃんと残っているのです。なんという変てこな立場でしょう。私はもう無罪の判決をうれしいと感じる気力もないほど疲れきっていました。

「私は放免されるとすぐさま、父親同行で郷里に帰りました。が、家の敷居をまたぐと、それまででも半病人だった私は、ほんとうの病人になってしまって、半年ばかり寝たきりで暮すという始末でした。……こんなことで私はとうとう一生を棒にふってしまったのです。父親の跡は弟にやらせて、それから後二十年の長い月日を、こうして若隠居といった境遇で暮しているのですが、もうこの頃では煩悶《はんもん》もしなくなりましたよ。ハハハハハ」

井原氏は力ない笑い声で長い身の上話を結んだ。そして「下らないお話で、さぞ御退屈でしたろう。さあ、熱いのを一つ入れましょう」

と云いながら茶道具を引寄せるのだった。

「そうですか。ちょっと拝見したところは結構なお身分のようでも、伺って見ればあなたもやっぱり不幸な方なんですね」斎藤氏は意味ありげな溜息をつきながら「ですが、その夢遊病の方は、すっかりお癒りなすったのですか」

「妙なことには、人殺しの騒ぎの後、忘れたようにいちども起らないのです。おそらく、その時あまりひどい刺戟《しげき》を受けたためだろうと医者はいっています」

「そのあなたのお友達だった方……木村さんとかおっしゃいましたね。……その方が最初あなたの発作を見たのですね。それから時計の事件と、それから、墓地の幽霊の事件と、……そのほかの場合はどんなふうだったのでしょうか。御記憶だったらお話し下さいませんか」

斎藤氏は、突然少しどもりながら、こんなことを云い出した。彼の一つしかない眼が異様に光っていた。

「そうですね。皆似たり寄ったりの出来事で、殺人事件をのけては、まあ墓地をさまよった時のが、いちばん変っていたでしょう。あとはたいてい同宿者の部屋へ侵入したというようなことでした」

「で、いつも品物を持って来るとか、落してくるとかいうことから発見されたわけですね」

「そうです。でも、そうでない場合もたびたびあったかも知れません。ひょっとしたら、墓場どころではなく、もっともっと遠いところへさまよい出していたこともあったかも知れません」

「最初木村というお友達と議論をなすった時と、墓場で勤め人の方に見られた時と、そのほかに誰かに見られたというようなことはないのですか」

「いや、まだたくさんあったようです。夜中に下宿屋の廊下を歩き廻っている跫音《あしおと》を聞いた人もあれば、他人の部屋へ侵入するところを見たという人などもあったようです。しかしあなたは、どうしてそんなことをお尋ねになるのです。なんだか私が調べられているようではありませんか」

井原氏は無邪気に笑って見せたが、その実少し薄気味わるく思わないではいられなかった。

「いや御免下さい。決してそういうわけではないのですが、あなたのようなお人柄な方が、たとい夢中だったといえ、そんな恐ろしいことをなさろうとは、私にはどうも考えられないものですから。それに一つ、私にはどうも不審な点があるのです。どうか怒らないで聞いて下さい。こうして不具者になって世間をよそに暮していますと、ついなにごとも疑い深くなるのですね。……ですが、あなたはこういう点をお考えなすったことがありますかしら。夢遊病者というものは、その兆候《ちょうこう》が本人にも絶対にわからない。夜中に歩き廻ったり、おしゃべりをしていても、朝になればすっかり忘れている。つまり他人に教えられてはじめて『俺は夢遊病者なのかなあ』と思うくらいのことでしょう。医者にいわせると、いろいろ肉体上の徴候もあるようですが、それとても実に漠《ばく》としたもので、発作がともなってはじめて決せられる程度のものだというではありませんか。私は自分が疑い深いせいですか、あなたはよく無造作に自分の病気をお信じなすったと思いますよ」

井原氏は、何かえたいの知れぬ不安を感じはじめていた。それは、斎藤氏の話から来たというよりは、むしろ相手の見るも恐ろしい容貌から、その容貌の裏にひそむ何者かから来た不安であった。しかし彼はしいてそれをおさえながら答えた。

「なるほど、私とても最初の発作の時にはそんなふうに疑っても見ました。そして、これが間違いであってくれればいいと祈ったほどでした。でも、あんなに長い間、絶間なく発作が起っては、もうそんな気休めもいっていられなくなるではありませんか」

「ところが、あなたは一つの大切な事柄に気づかないでいらっしゃるように思われるのです。というのは、あなたの発作を目撃した人が少ない。いや煎じつめればたった一人だったという点です」

井原氏は、相手がとんでもないことを空想しているらしいのに気づいた。それは実に、普通人の考えも及ばぬような恐ろしいことだった。

「一人ですって。いや決してそんなことはありません。先ほどもお話ししたように、私が他人の部屋へはいる後姿《うしろ》を見たり廊下の足音を聞いたりしている人はいくらもあるのです。それから墓場の場合などは、名前は忘れましたが或る会社員が確かに目撃して、私にそれを話したくらいです。そうでなくても、発作の起るたびにきっと、他人の品物が私の部屋にあるか、私の持物がとんでもない遠方に落ちているかしたのですから、疑う余地がないじゃありませんか。品物がひとりで位置をかえるはずもありませんからね」

「いや、そういうふうに発作のたびごとに証拠品が残っていたという点が、かえってあやしいのです。考えてごらんなさい。それらの品物は、必ずしもあなた自身の手をわずらわさなくても、誰かほかの人がそっと位置をかえておくことも出来るのですからね。それから、目撃者がたくさんあったようにおっしゃいますが、墓場の場合にしても、その他の後姿を見たとかなんとかいうのは、皆曖昧《あいまい》なところがあります。あなたでないほかの人を見ても、夢遊病者という先入主のために、少し夜ふけに怪しい人影でも見ればすぐあなたにしてしまったのかも知れません。そういう際に間違った噂をたてたからとて、少しも非難される憂いはありませんし、その上、一つでも新しい事実を報告するのを手柄のように思うのが人情ですからね。さあ、こういうふうに考えてみますと、あなたの発作を目撃したという数人の人々も、たくさんの証拠の品物も、みな或る一人の男の手品から生《うま》れたのだといえないこともないではありませんか。それはいかにも上手な手品には相違ありません。でも、いくら上手でも手品は手品ですからね」

井原氏はあっけにとられたように、ぼんやりりして、相手の顔をながめていた。彼はあまりのことに考えをまとめる力をなくした人のように見えた。

「で、私の考えを申しますと、これはその木村というお友達の深い考えから編み出された手品かも知れないと思うのです。何かの理由からその下宿屋の老主人をなきものにしたい、そっと殺してしまいたい。しかし、たといいかほど巧妙な方法で殺しても、殺人が行われた以上、どうしても下手人が出なければ納《おさま》りっこはありませんから、誰か別の人を自分の身がわりに下手人にする。しかもその人には出来る限り迷惑のかからぬような方法で……もし、もしですよ。その木村という人がこんな立場にあったと仮定しますならば、あなたという信じやすい、気の弱い人を夢遊病者に仕立てて一と狂言書くということは、実に申し分のない考えではないでしょうか。

「こういう仮定をまずたててみて、それが理論上なりたつかどうかを調べて見ましょう。さて、その木村という人は或る機会を見て、あなたにありもしない作り話をして聞かせます。と、都合のいいことにはあなたが少年時代に寝とぼける癖があったことが一つの助けとなって、そのこころみが案外効果をおさめたとします。そこで木村氏は、ほかの下宿人の部屋から時計その他のものを盗み出して、あなたの寝ている部屋の中に入れておくとか、気づかれぬようにあなたの持物を盗み出して他の場所へ落しておくとか、自分自身があなたのようによそおって墓場や下宿の廊下などを歩き廻るとか、種々様々の機智《きち》を弄《ろう》してますますあなたの迷信を深めようとします。又一方、あなたの周囲の人たちにそれを信じさせるためにいろいろの宣伝をやります。こうして、あなたが夢遊病だということが本人にも周囲にも完全に信じられるようになった上で、もっとも都合のいい時を見はからって、木村氏自身が敵とねらう老人を殺害するのです。そして、その財産をそっとあなたの部屋に入れておき、前もって盗んでおいたあなたの所持品を現場へのこしておくと、こういうふうに想像することが、あなたは理論的だとは思いませんか。一点の不合理も見出せないではありませんか。そしてその結果はあなたの自首ということになります。なるほどそれはあなたにとってずいぶん苦しいことには相違ありませんが、犯罪という点では無罪とはいかずとも、比較的軽くすむのはわかりきったことです。よし多少の刑罰を受けたところで、あなたにしてみれば病気のさせた罪ですから、ほんとうの犯罪ほど心苦しくはないはずです。少くも木村氏はそう信じていたことでしょう。別段あなたに対して敵意があったわけではなかったのですからね。ですがもし彼があなたの今のような告白を聞いたなら、さぞかし後悔したことでしょう。

「いやとんだ失礼なことを申上げました。どうか気を悪くしないで下さい。これというのも、あなたの懺悔話を伺ってあまりお気の毒に思ったものですから、ついわれを忘れて変な理窟《りくつ》を考え出してしまったのです。ですが、あなたのお心を二十年来悩まして来た事柄も、こういうふうに考えればすっかり気安くなるではありませんか。いかにも私の申上げたことは当て推量かも知れません。でも、たとい当て推量にしろ、そう考える方が理窟にもかなない、あなたのお心も安まるとすれば、結構ではありますまいか。

「木村という人がなぜ老人を殺さねばならなかったか。それは私が木村氏自身でない以上どうもわかりようがありませんが、そこにはきっというにいわれぬ深いわけがあったことでしょう。たとえば、そうですね、敵討《かたき》ちといったような……」

まっさおになった井原氏の顔色に気づくと、斎藤氏はふと話をやめて、なにごとかをおそれるようにうなだれた。

二人はそうしたまま長い間対座していた。冬の日は暮れるにはやく、障子の日影も薄れて、部屋の中にはうそ寒い空気がただよい出していた。

やがて、斎藤氏はおそるおそる挨拶《あいさつ》をすると、逃げるように帰って行った。井原氏はそれを見送ろうともしなかった。彼は元の場所にすわったまま、込み上げて来る忿《ふん》怒《ぬ》をじっとおさえつけていた。思い掛けぬ発見に思慮を失うまいとして全力をつくしていた。

しかし時が経つにつれて、彼のすさまじい顔色がだんだん元に復していった。そして、ついに苦いにがい笑いが彼の口辺にただようのだった。

「顔かたちこそまるで変っているが、あいつは、あいつは……だが、たといあの男が木村自身だったとしても、俺は何を証拠に復讐《ふくしゅう》しようというのだ。俺というおろかものは手も足も出ないで、あの男の手前勝手な憐憫《れんびん》をありがたく頂戴《ちょうだい》するばかりじゃないか」

井原氏は、つくづく自分のおろかさがわかったような気がした。と、同時に、世にもすばらしい木村の機智を、にくむというよりはむしろ讃美《さんび》しないではいられなかった。


（「新青年」大正十三年六月号）

注1　総領　跡取り。家を継ぐ人。

注2　曾我廼家

曾我廼家五郎《ごろう》、十郎《じゅうろう》が明治三十七年に大阪で旗揚げした、喜劇一座。

一枚の切符

上

「いや、僕も多少は知っているさ。あれは先《ま》ず、近来の珍事だったからな。世間はあの噂《うわさ》で持ち切っているが、多分君ほど詳しくはないんだ。話してくれないか」

一人の青年紳士が、こういって、赤い血のしたたる肉の切れを口へ持って行った。

「じゃ、一つ話すかな。オイ、ボーイさん、ビールのお代りだ」

身形《みなり》の端正なのにそぐわず、髪の毛をばかにモジャモジャと伸ばした、相手の青年は、次のように語り出した。

「時は——大正——年十月十日午前四時、所は——町《ちょう》の町はずれ、富田《とみた》博士邸裏の鉄道線路、これが舞台面だ。晩秋のまだ薄暗い暁《あかつき》の静寂を破って、上り第○号列車が驀進《ばくしん》して来たと思いたまえ。すると、どうしたわけか、突然けたたましい警笛が鳴ったかと思うと、非常制動機の力で、列車は出し抜けに止められたが、少しの違いで車が止まる前に、一人の婦人が轢《ひ》き殺されてしまったんだ。僕は、その現場を見たんだがね。初めての経験だが、実際いやな気持のものだ。

「それが問題の博士令夫人だったのさ。車掌の急報でその筋の通中がやって来る。野次馬が集まる。そのうちに誰かが博士に知らせる。驚いた主人の博士や召使たちが飛《とび》出《だ》して来る。ちょうどその騒ぎの最中へ、君も知っているように、当時――町へ遊びに出掛けていた僕が、僕の習慣であるところの、早朝の散歩の途次、通り合わせたというわけさ。で、検死が始まる。警察医らしい男が傷口を検査する。一《ひ》と通り済むと直《す》ぐに死体は博士邸へ担ぎ込まれてしまう。傍観者の眼には、きわめて簡単に、事は落着したようであった。

「僕の見たのはこれだけだ。あとは新聞記事を綜合して、それに僕の想像を加えての話だから、そのつもりで聞いてくれたまえ。さて警察医の観察によると、死因はむろん轢死《れきし》であって、右の太腿《ふともも》を根もとから切断されたのによるというのだ。そして、事ここに至った理由はというと、それを説明してくれるところの、実に有力な手懸りが、死人の懐中から出て来た。それは夫人が夫博士に宛てた一通の書置《かきおき》であって、中の文句は、永年の肺病で、自分も苦しみ、周囲にも迷惑を掛けていることが、もはや耐えられなくなったから、ここに覚悟の自殺をとげる。ザッとまあこういう意味だったのだ。実にありふれた事件だ。若《も》し、ここに一人の名探偵が現われなかったなら、お話はそれでお仕舞いで、博士夫人の厭世《えんせい》自殺とかなんとか、三面記事の隅っこに小さい記事を留めるに過ぎなかったが、その名探偵のお蔭《かげ》で、われわれもすばらしい話題が出来たというものだ。

「それは黒田清太郎《くろだきよたろう》という、新聞でも盛んに讃美して居ったところの刑事巡査だが、これが奇特《きとく》な男で、日頃探偵小説の一冊も読んでいようというやつさ。とまあ素人考《しろうと》えに想像するんだがね。その男が飜訳物の探偵小説にでもあるように、犬のように四つん這いになって、その辺の地面を嗅《か》ぎ廻《まわ》ったものだ。それから博士邸内にはいって、主人や召使にいろいろの質問を発したり、各部屋のどんな隅々をも残さないで拡大鏡をもって覗き廻ったり、まあ、よろしく新しき探偵術を行ったと思いたまえ。そして、その刑事が、長官の前に出て言うことには、「こりゃ、も少し検《しら》べて見なければなりますまい」というわけだ。そこで、一座俄《にわ》かに色めき立って、とりあえず死体の解剖ということになる。大学病院に於《お》いて、何々博士執刀の下に、解剖して見ると、黒田名探偵の推断誤まらずというわけだね。轢死前すでに一種の毒薬を服用したらしい形跡がある。つまり、何者かが夫人を毒殺しておいて、その死骸を鉄道線路まで運び、自殺と見せかけて、実は恐るべき殺人罪を犯したということになる。その当時の新聞は「犯人は何者?」というようなエキサイティングな見出しで、盛んにわれわれの好奇心を煽《あお》ったものだ。そこで、係検事が黒田刑事を呼び出して、証拠調べの一段となる。「さて、刑事が勿体《もったい》ぶって持ち出したところの証拠物件なるものは、第一に一足の短靴、第二に石膏《せっこう》で取ったところの足跡の型、第三に数枚の皺《しわ》になった反故紙《ほごがみ》(注1)、ちょっとロマンティックじゃないか。この三つの証拠品をもって、この男が主張するには、夫博士夫人は自殺したんではなくて、殺されたんだ。そしてその殺人者は、なんと、夫富田博士その人である。とこういうんだ。どうだい、なかなか面白いだろう」

　話し手の青年は、ちょっとズルそうな微笑を浮かべて相手の顔を見た。そして、内ポケットから銀色のシガレット・ケースを取り出し、如何にも手際よく一本のオックスフォードをつまみ上げて、パチンと音をさせて蓋《ふた》を閉じた。

「そうだ」聞き手の青年は、話し手のためマッチを擦《す》ってやりながら「そこまでは、僕も大体知っているんだ。だが、その黒田という男が、どういう方法で殺人者を発見したのか、そいつが聞きものだね」

「好個の探偵小説だね。で、黒田氏が説明して云うことには、他殺ではないかという疑いを起したのは、死人の傷口の出血が案外少ないといって警察医が小首を傾けた。そのきわめて些細《ささい》な点からであった。去る大正何年何月幾日の――町の老母殺しに、その例があるというんだ。疑い得るだけ疑え、そして、その疑いの一つ一つを出来るだけ綿密に探索せよ、というのが探偵術のモットーだそうだが、この刑事もその骨《こつ》を呑み込んで居ったと見えて、一つの仮定を組み立てて見たのだ。誰だかわからない男又は女が、この夫人に毒薬をのませた。そして、夫人の死体を線路まで持って来て、汽車の轍《わだち》が万事を滅茶苦茶に押しつぶしてくれるのを待った。と仮定するならば、線路の附近に死体運搬によってつけられた、何かの痕跡が残っているはずだ。とこう推定したんだ。そして、なんとまあ刑事にとって幸運であったことには、轢死のあった前夜まで雨降り続きで、地面にいろいろの足跡がクッキリと印せられていた。それも、前夜の真夜中頃雨が上がってから、轢死事件のあった午前四時何十分までに、その附近を通った足跡だけが、お誂《あつら》え向きに残っていたというわけだ。で刑事は先に云った犬の真似を始めたんだ。が、ここでちょっと現場の見取図を描いて見よう」

左右田《そうだ》は、——これが話し手の青年の名前であるが——こういってポケットから、小形の手帳を取り出して、鉛筆でザッとした図面を書いた。

「鉄道線路は地面よりは小高くなっていて、その両側の傾斜面には一面に芝草が生えている。線路と富田博士邸の裏口との間には相当広い、そうだ。テニスコートの一つぐらい置かれるような空地、草も何も生えていない小砂利まじりの空地がある。足跡の印せられてあったのはその側であって、線路のも一つの側、すなわち博士邸とは反対の側は、一面の水田で、遥かに何かの工場の煙突が見えようという場末によくある景色だ。東西に伸びた——町の西のはずれが、博士邸其の他数軒の文化村式の住宅で終っているのだから、博士邸の並びには線路とほぼ並行して、ズッと人家が続いていると思いたまえ。で、四つん這いになったところの黒田刑事が、この博士邸と線路の間の空地において、何を嗅ぎ出したかというと、そこには十以上の足跡が入りまじっていて、それが轢死の地点に集中しているといった形で、一見しては何がなんだかわからなかったに相違ないが、これを一々分類して調べ上げた結果、地下穿《じかば》きの跡が幾種類、足駄《あしだ》の跡が幾種類、靴の跡が幾種類と、まあわかったんだ。そこで、現場にいる連中の頭数と、足跡の数とを比べて見ると、一つだけ足跡の方が余計だとわかった。すなわち所属不明の足跡が一つ発見されたんだ。しかもそれが靴の跡なんだ。その早朝、靴をはいているものは、先ずその筋の連中のほかにないわけだが、その連中のうちにはまだ一人も帰ったものは無かったのだから、少しおかしいわけだ。なおよくよく調べて見ると、その疑問の靴跡が、なんと博士邸から出発していることがわかったんだ」

「ばかに詳しいもんだね」

と、聞き手の青年、すなわち松村《まつむら》が、こう口を入れた。

「いや、この辺は赤新聞(注2)に負うところが多い。あれは斯《こ》うした事件になると、興味中心に、長々と報道するからね。時にとって役に立つというものだ。で、今度は博士邸と轢死の地点との間を往復した足跡を調べて見ると、四種ある。第一は今いった所属不明の靴跡、第二は現場に来ている博士の地下穿きの跡、第三と第四は博士の召使の足跡、これだけで、轢死者が線路まで歩いて来た痕跡というものが見当らない。多分それは小形の足袋跣《たびはだし》の跡でなければならぬのに、それがどこにも見当らなかったのだ。そこで轢死者が男の靴をはいて線路まで来たか。然《しか》らざれば、何者かこの靴跡に符合するものが夫人を線路まで抱いて運んで来たかの二つである。もちろん前者は問題にならない。まず後の推定が確かだと考えて差支《さしつか》えない、というのは、その靴跡には一つの妙な特徴があったのだ。それはその靴跡の踵《かかと》の方が非常に深く食い入っている。どの一つをとって見ても同様の特徴がある。これは何か重いものを持って歩いた証拠だ。荷物の重味で踵が余計に食い入ったのだ。と刑事が判断した。この点について、黒田氏は赤新聞で大いに味噌を上げているが、その曰《いわ》くさ。人間の足跡というものは、いろいろな事をわれわれに教えてくれるものである。こういう足跡は跛足で、こういう足跡は盲目で、こういう足跡は妊婦でと大いに足跡探偵法を説いている。興味があったら昨日の赤新聞を読んで見たまえ。

「話が長くなるから、こまかい点は略するとして、その足跡から黒田刑事が苦心して探偵した結果、博士邸の奥座敷の縁の下から、一足の、問題の靴跡に符合する短靴を発見したんだ。それが、不幸にも、あの有名な学者の常に用いていたものだと、召使によって判明したんだ。その他こまかい証拠はいろいろある。召使の部屋と、博士夫妻の部屋とは可《か》なり隔《へだた》っていることや、当夜は召使どもは、それは二人の女中であったが、熟睡していて、朝の騒ぎで始めて目を覚まし、夜中の出来事は少しも知らなかったということや、当の博士が、当夜めずらしく在宅して居ったということや、その上、靴跡の証拠を裏書きするような、博士の家庭の事情なるものがあるんだ。その事情というのは、富田博士は、君も知っているだろうが、故富田老博士の女婿《じょせい》なのだ。つまり、夫人は家つきの我儘《わがまま》娘で痼疾《こしつ》の肺結核はあり、ご面相は余り振わず、おまけに強度のヒステリーと来ているんだ。こういう夫婦関係が、どういうものであるかは、容易に想像し得るじゃないか。事実、博士はひそかに妾宅を構えてなんとかいう芸妓上がりの女を溺愛《できあい》しているんだ。が、僕はこういうことが博士の値うちを少しだって増減するものとは思わないがね、さて、ヒステリーというやつは大抵の亭主を狂気にしてしまうものだ。博士の場合も、これらの面白からぬ関係が募り募って、あの惨事を惹《ひ》き起したのだろう。という推論は、まず条理整然としているからね。

「ところが、茲《ここ》に一つ残された難問題がある。というのは最初話した死人の懐中から出たという書置だ。いろいろ調べて見た結果、それは正しく博士夫人の手蹟《しゅせき》だと判明したんだが、どうして夫人が、心にもない書置などを書き得たか。それが黒田刑事にとって一つの難関だったのだ。刑事もこれには大分手古摺《てこず》ったと云っているがね。が、まあ苦心よろしくあった後、発見したのが、皺になった数枚の反故紙。これがなんだというと手習草紙でね、博士が、夫人の手蹟を、何かの反故に手習いしたものなんだ。そのうち一枚は夫人が、旅行中の博士に宛てて送った手紙で、これを手本にして、犯人が自分の妻の筆癖《ふでぐせ》を稽古したというわけだ。なかなかたくらんだものさ。それを刑事は、博士の書斎の屑籠《くずかご》から発見したというんだ。

「で、結論はこういうことになる。眼の上の瘤《こぶ》であり、恋愛の邪魔者であり、手におえぬ狂気であるところの夫人を、なきものにしよう。しかも博士である自分の名誉を少しも傷つけぬ方法によってそれを遂行しようと深くもたくらんだ博士は、薬と称して一種の毒薬を夫人に飲ませ、うまく参ったところを、肩に担いで、例の短靴をつッかけて、裏口から、幸いにも近くにある鉄道線路へと運んだ。そして犠牲者の懐中へ用意の尤《もっと》もらしい書置を入れておいた。やがて轢死が発見されると、大胆な犯人は、さも驚いた表情をもって、現場へ駈けつけた。とこういう次第だ。なぜ博士が夫人を離別する挙に出でないでこの危険なる道を採ったかという点は、多分新聞記者自身の考えなのだろうが、ある新聞にこう説明が下してあった。それは第一に故老博士に対する情誼《じょうぎ》の上から世間の非難を恐れたこと、第二にあの残虐を敢《あえ》てする博士には、或いはこの方が主たる理由であったかも知れないが、博士夫人には親譲りのちょっとした財産があったということ、この二つを上げている。

「そこで、博士の引致《いんち》となり、黒田清太郎氏の名誉となり、新聞記者にとっては不時の収穫となり、学界にとってはこの上ない不祥事となって、君も云うように、世間は今この噂で湧いている始末。ちょっとドラマチックな事件には相違ないからな」

左右田はこう語り終って、前のコップをグイと乾《ほ》した。

「現場を見た興味があったとはいえ、よくそれだけ詳しく調べたね。だがその黒田という刑事は、警察官にも似合わない頭のいい男だね」

「まあ、一種の小説家だね」

「エ、ああ、そうだ。絶好の小説家だ。むしろ小説以上の興味を創作したといってもいい」

「だが、僕は、彼は小説家以上の何者でもないと思うね」

片手をチョッキのポケットに入れて、何か探りながら、左右田が皮肉な微笑を浮かべた。

「それはどういう意味だ」

松村は煙草《たばこ》の煙の中から、眼をしばたたいて反問した。

「黒田氏は小説家であるかも知れないが、探偵ではないという事さ」

「どうして？」

松村はドキッとしたようであった。何かすばらしい、あり得べからざる事を予期するように、彼は相手の眼を見た。左右田はチョッキのポケットから、小さい紙片を取り出してテーブルの上に置いた。そして、

「これはなんだか知ってるかい」

と云った。

「それがどうしたと云うのだ。(注3)PL商会の受取切符じゃないか」

松村は妙な顔をして聞き返した。

「そうさ。三等急行列車の貸し枕の代金四十銭也の受取切符だ。これは僕が轢死事件の現場で、計らずも拾ったものだがね、僕はこれによって博士の無罪を主張するのだ」

「ばか云いたまえ、冗談だろう」

松村は、まんざら否定するでもないような、半信半疑の調子で云った。

「いったい、証拠なんかにかかわらず、博士は無罪であるべきなんだ。富田博士ともあろう学者を、高《たか》が一人のヒステリー女の命のために、この世界——そうだ、博士は

世界の人なんだ。世界の幾人をもって数えられる人なんだ――この世界から葬ってしまうなんて、どこの馬鹿者がそんな事を考えるんだ。松村君、僕は今日一時半の汽車で、博士の留守宅を訪問するつもりでいるんだ。そして、少し留守居の人に聞いて見たいことがあるんだ」

こういって、腕時計をちょっと眺めた左右田は、ナプキンを取ると、立ち上がった。

「恐らく博士は自分自身で弁明されるだろう。博士に同情する法律家たちも博士のために弁ずるだろう。が、僕が此処《ここ》に握っている証拠物件は他の何人《なんぴと》も所有しないのだ。訳を話せってのか。まあ待ちたまえ。も少し調べて見ないと完結しない。僕の推理にはまだちょっと隙があるんだ。それを充《み》たすべくちょっと失敬して、これから出掛けて来る。ボーイさん。自動車をそういってくれたまえ。じゃ、また明日会うことにしよう」

下

その翌日、――市でもっとも発行部数の多いといわれる、――新聞の夕刊に、左のような五段に亘《わた》る長文の寄書が掲載せられた。見出しは「富田博士の無罪を証明す」というので、左右田五郎《ごろう》と署名してある。

私はこの寄書と同様の内容を有する書面を、富田博士審問の任に当られる予審判事——氏迄《まで》呈出した。多分それだけで充分だとは思うが、万一、同氏の誤解或いはその他の理由によって、一介の書生に過ぎない私のこの陳述が、暗中に葬り去られた場合をおもんぱかって、かつ又、有力なる其の筋の刑事によって証明せられた事実を裏切る私の陳述が、たとい採用せられたとしても、事後に於て我が尊敬する、富田博士の冤罪《えんざい》を、世間に周知せしめるほど明瞭に、当局の手によって発表せられるかどうかをおもんぱかって、ここに輿論《よろん》を喚起する目的のために、この一文を寄せる次第である。私は博士に対して何等の恩怨《おんえん》を有するものではない、ただ、その著書を通して博士の頭脳を尊敬している一人に過ぎない。が、この度の事件については、見す見す間違った推断によって罪せられんとする我が学界の長者を救うものは、偶然にもその現場に居合わして、ちょっとした証拠物件を手に入れた、この私のほかにないと信ずるが故に、当然の義務として、この挙に出でたまでである。この点について誤解のなからんことを望む。

さて、何の理由によって、私は博士の無罪を信ずるか、一言をもって尽せば、司法当局が、刑事黒田清太郎氏の調査を通して、推理したところの博士の犯罪なるものが、余りに大人気《おとなげ》ないことである。余りに幼稚なるお芝居気に富んでいることである。かの寸毫《すんごう》の微といえども逃すことのない透徹その比を見ざる大学者の頭脳と、この度のいわゆる犯罪事実なるものとを比較する時、吾人《ごじん》は如何の感があるか。その思想の余りに隔絶せることに、むしろ苦笑を禁じ得ないではないか。其の筋の人々は、博士の頭脳が拙《つたな》き靴跡を残し、偽筆の手習い反故を残し、毒薬のコップをさえ残して、黒田某氏に名を成さしめるほど耄碌《もうろく》したというのか。さては又、あの博学なる嫌疑者が、毒薬の死体に痕跡を留むべきことを予知し得なかったとでもいうのか。私が何等証拠を提出するまでもなく、博士は当然無罪なるべきものと信ずる。だからといって、私は以上の単なる推測をもって、この陳述を思い立つほど、無謀ではないのである。

刑事、黒田清太郎氏は、今赫々《かくかく》の武勲《ぶくん》に、光り輝いている。世人は同氏を和製のシャーロック・ホームズとまで讃嘆している。その得意の絶頂にあるところの同氏を、ここに奈落の底まで叩き落すことは、私も余り気持がよくはない。実際、私は黒田氏が、我が国の警察の仲間では、もっとも優れたる手腕家であることを信ずる。この度の失敗は、他の人々よりも頭がよかったための禍《わざわい》である。同氏の推理法に誤りはなかった。唯《た》だ、その材料となるところの観察に欠くるところがあった。すなわち綿密周到の点において、私という一介の書生に劣って居ったことを、氏のために深く惜むものである。

それはさておき、私が提供しようとするところの証拠物件なるものは、左の二点の、ごくつまらぬ品物である。

一、私が現場で収得したところの一枚のPL商会の受取切符（三等急行列車備付けの枕の代金の受取）

二、証拠品として当局に保管されているところの博士の短靴の紐。

唯だこれだけである。読者諸君にとっては、これが余りに無価値に見えるであろうことを虞《おそ》れる。が、其の道の人々は、一本の髪の毛さえもが、重大なる犯罪の証拠となることを知って居られるであろう。

実を申せば、私は偶然の発見から出発したのである。事件の当日現場に居合わせた私は、検死官たちの活動を眺めている間に、ふと、ちょうど私が腰をおろして居った一つの石塊《いしころ》の下から、何か白い紙片の端が覗いているの発見した。若しその紙片に捺《お》してある日附印を見なかったら、なんのうたがいも起らなかったのであろうが、博士のためには幸いにも、その日附印が、私の眼に何かの啓示のように焼き付いたのである。大正——年十月九日、即ち事件の直ぐ前の日の日附印が。

私は五、六貫目は大丈夫あったところの、その石塊を取りのけて、雨のために破れそうになっていた紙片を拾い上げた。それがＰＬ商会の受取切符であったのだ。そして、それが私の好奇心を刺戟《しげき》したのである。

さて黒田氏が、現場において見落した点が三つある。

そのうち一つは、偶然私に恵まれたところのＰＬ商会の受取切符であるから、これを除くとしても少くも二つの点において、粗漏《そろう》があったことは確かである。が右の受取切符とても若し黒田氏が非常に綿密な注意力を持っておったならば、私のように偶然ではなく発見することが出来たかも知れないのである。というのに、その切符が下敷になっていた石というのは、博士邸の裏に半ば出来上がった下水の溝のわきに、沢《たく》山《さん》ころがっている石塊の一つであることが一見してわかるのであるが、その石塊がただ一つだけ遠く離れた線路のそばに置かれてあったということは、黒田氏以上の注意力の所有者には、何らかの意味を語ったかも知れないからである。それのみならず、私は当時その切符を臨検の警官の一人に見せたのである。私の親切に一顧をも与えず、邪魔だからどいておれと叱《しか》ったところのその人を、私は今でも数人の臨検者の中から見つけ出すことが出来る。

第二の点は、いわゆる犯人の足跡なるものが、博士邸の裏口から発して線路までは来ていたが、再び線路から博士邸へ立ち帰った跡がなかったことである。この点を黒田氏がいかに解釈せられたかは――この重大な点について、心なき新聞記者は何事も報道しない故に――私にはわからないが、多分犯人が犠牲者のからだを線路へ置いた後、何かの都合で、線路づたいに廻り路をして立ち帰ったとでも判断せられたのであろう。――事実、少し廻り路をすれば足跡を残さないで、博士邸まで立ち帰り得るような場所が無くもなかったのである――そして足跡に符合する短靴そのものが、博士邸内から発見せられたことによって、たとい立ち帰った跡はなくとも、立ち帰ったという証拠は充分備わっているとでも考えられたのであろう。一応尤もな考えであるが、そこに何か不自然な点がありはしないだろうか。

第三の点はこれは大抵の人の注意からそれるような、実際それを目撃した人でもいっこう気に留めないような種類のものであるが、それは一匹の犬の足跡がその辺一面に、特にいわゆる犯人の足跡に並行して、印せられていたことである。私が何故これに注意したかというに、轢死人があるような場合に、その附近におった犬が、しかも足跡が博士邸の裏口に消えているのを見ると、多分轢死者の愛犬であるところの犬が、この人だかりのそばへ出てこないというのはおかしいと考えたからであった。

以上私は、私のいわゆる証拠なるものを、残らず列挙した。鋭敏なる読者は、私のこれから述べようとするところを、おおかたは推察せられたであろう。それらの人々には蛇足であるかも知れないが、私はとにかく結論まで陳述せねばならぬ。

その日帰宅した時には、私はまだなんの意見も持っていなかった。右に述べた三つの点についても、別段深く考えておったわけではない。ここには読者の注意を喚起するために、わざと明瞭に記述したまでであって、私が当日その場で、これだけのことを考えたのではないが、翌日、翌々日と毎朝の新聞によって、私が尊敬する博士その人が嫌疑者として引致されたことを知り、黒田刑事の探偵苦心談なるものを読むに至って、私は、この陳述の冒頭に述べたような常識判断から、黒田氏の探偵にどこか間違った点があるに相違ないと信じ、当日目撃したところの種々の点を考え合わせ、なお残った疑点については、本日博士邸を訪問して、種々留守居の人々に聞き合わせた結果、ついに事件の真相を摑《つか》み得た次第である。

そこで、左に順序を追って、私の推理の跡を記して見ることにする。

前に申したように、出発点は、ＰＬ商会の受取切符である。事件の前日、恐らく前夜深更に、急行列車の窓から落されたのであろうところのこの切符が、なぜ五、六貫目もある重い石塊の下敷になっていたか。というのが、第一の着眼点であった。これは、前夜ＰＬ商会の切符を落して行ったところの列車が通過した後、何者かが、その石塊をそこに持って来たと判断するほかはない。——汽車の線路から、或いは、石塊を積載して通過した無蓋《むがい》貨車の上から、転落したのではないことは其の位置によって明《あきら》かである。——では、何処からこの石を持って来たか、可なり重いものだから遠方であるはずはない。さしずめ、博士邸の裏に、下水を築くために置いてある、沢山の石塊のうちの一つだということは、楔《くさび》形に削られたその恰好からだけでも明かである。

つまり、前夜深更から、その朝轢死が発見されるまでのあいだに、博士邸から轢死のあった箇所まで、その石を運んだものがあるのだ。とすれば、その足跡が残っているはずである。前夜は雨も小降りになって、夜半頃にはやんでおったのだから、足跡の流れたはずはない。ところが足跡というものは、賢明なる黒田氏が調査せられた通り、その朝現場に居合わせた者のそれのほかは「犯人の足跡」唯一つあるのみである。ここにおいて、石を運んだものは「犯人」その人でなければならぬことになる。この変テコな結論に達した私は、如何にして「犯人」が石を運ぶということに可能性を与えるべきかに苦しんだ。そして、そこに如何にも巧妙なトリックの弄《ろう》せられておることを発見して、一驚を喫したのである。

人間を抱いて歩いた足跡と、石を抱いて歩いた足跡、それは熟練なる探偵の眼をくらますに充分なほど、似通っているに相違ない。私はこの驚くべきトリックに気づいたのである。すなわち博士に殺人の嫌疑を掛けようと望む何者かが、博士の靴を穿いて、夫人のからだの代りに、石塊を抱いて、線路まで足跡をつけたと、かように考えるほかに解釈の下しようがないのである。そこで、この悪《にく》むべきトリックの製作者が、例の足跡を残したとするならば、かの轢死した当人、すなわち博士夫人はどうして線路まで行ったか。その足跡が一つ不足することになる。以上の推理の当然にして唯一の帰結として、私は遺憾ながら博士夫人その人が、夫を呪う恐るべき悪魔であったことを、確認せざるを得ないのである。戦慄すべき犯罪の天才、私は嫉妬に狂った、しかも肺結核という——それはむしろ患者の頭脳を病的にまで明晰にする傾きのあるところの——不治の病にかかった、一人の暗い女を想像した。すべてが、暗黒である。すべてが、陰湿である。その暗黒と陰湿の中に、眼ばかり物凄く光る青白い女の幻想、幾十日幾百日の幻想、その幻想の実現、私は思わずもゾッとしたのである。

それはさておき次に第二の疑問である、足跡が博士邸に帰って居なかったという点はどうか。これは単純に考えれば、轢死者が穿いて行った靴跡だから、立ち帰らないのがむしろ当然のように思われるかも知れない。が、私は少し深く考えて見る必要があると思う。かくの如き犯罪的天才の所有者たる博士夫人が、何故に線路から博士邸まで、足跡を返すことを忘れたのであろう。そして若しＰＬ商会の切符が、偶然にも列車の窓から落されなかった場合には、唯一つの手懸りであったであろうところの拙い痕跡を残したのであろう。

この疑問に対して、解決の鍵を与えてくれたものは、第三の疑点として上げた、犬の足跡であった。私は、かの犬の足跡と、この博士夫人の唯一の手ぬかりとを結び合わせて、微笑を禁じ得なかったのである。恐らく、夫人は博士の靴を穿いたまま、線路までを往復する予定であったに相違ない。そして改めて他の足跡のつかぬような道を選んで、線路に行くつもりであったに相違ない。が滑稽《こっけい》なことにはここに一つの邪魔がはいった。というのは、夫人の愛犬であるところのジョンが――このジョンという名前は、私が本日同家の召使××氏から聞き得たところである。――夫人の異様なる行動を、眼ざとくも見つけて、その側に来て盛んに吠え立てたのである。夫人は犬の鳴き声に家人が眼を醒《さ》まして、自分を発見することを虞れた。グズグズしているわけにはいかぬ。たとい家人が眼を醒まさずとも、ジョンの鳴き声に近所の犬どもがおし寄せては大変だ。そこで、夫人はこの難境を逆に利用して、ジョンを去らせると同時に自分の計画をも遂行するような、うまい方法をとっさに考えついたのである。

私が本日探索したところによると、ジョンという犬は、日頃から、ちょっとした物を咥《くわ》えて用達しをするように教え込まれておった。多くは、主人と同行の途中などから、邸《やしき》まで何かを届けさせるというようなことに慣らされていた。そして、そういう場合には、ジョンは持ち帰った品物を、必ず奥座敷の縁側の上に置く習慣であった。も一つ博士邸の訪問によって発見したことは、裏口から奥座敷の縁側に達するためには、内庭をとり囲んでいるところの板塀の木戸を通るほかに通路はないのであって、その木戸というのが、洋室のドアなどにあるようなバネ仕掛けで、内側へだけ開くように作られてあったことである。

博士夫人はこの二つの点を巧みに利用したのである。犬というものを知っている人は、こういう場合に、唯だ口で追ったばかりでは立ち去るものでないが、何か用達しを云いつける——例えば、木切れを遠くへ投げて、拾って来させるというような——時は、必ずそれに従うものだということを否まないであろう。この動物心理を利用して、夫人は、靴をジョンに与えて、其の場を去らしめたのである。そして、その靴が、少なくとも、奥座敷の縁側のそばに置かれることと——当時多分縁側の雨戸が閉ざされていたので、ジョンもいつもの習慣通りにはいかなかったのであろう——内側からは押しても開かぬところの木戸にささえられて、再び犬がその場へ来ないことを願ったのである。

以上は、靴跡の立ち帰っていなかったことと、犬の足跡其の他の事情と、博士夫人の犯罪的天才とを思い合わせて、私が想像をめぐらしたのに過ぎないが、これについては、余りに穿《うが》ち過ぎたという非難があるかも知れないことを虞れる。むしろ、足跡の帰って居なかったのは、実際夫人の手ぬかりであって、犬の足跡は、最初から、夫人が靴の始末について計画したことを語るものだと考えるのが、或いは当っているかも知れない。しかし、それがどっちであっても、私の主張しようとする「夫人の犯罪」ということに動きはないのである。

さて、ここに一つの疑問がある。それは、一匹の犬が、一足の即ち二個の靴をどうして一度に運び得たかという点である。これに答えるものは、先に挙げた二つの証拠物件のうち、まだ説明を下さなかった「証拠品として其の筋に保管されているところの博士の靴の紐」である。私は同じ召使××氏の記憶から、その靴が押収された時、劇場の下足番がするように、靴と靴とが靴紐で結び付けてあったということを、苦心してさぐり出したのである。刑事黒田氏は、この点に注意を払われたかどうか。目的物を発見した嬉しまぎれに、或いは閑却《かんきゃく》されたのではなかろうか。よし閑却はされなかったとしても、犯人が何かの理由で、この紐を結び合わせて、縁側の下へ隠しておいたという程度の推測をもって安心せられたのではあるまいか。そうでなかったら、黒田氏のあの結論は出て来なかったはずである。

かくして、恐るべき呪いの女は、用意の毒薬を服し、線路に横たわって、名誉の絶頂から擯斥《ひんせき》の谷底に追い落され、獄裡《ごくり》に呻吟《しんぎん》するであろうところの夫の幻想に、物凄い微笑を浮かべながら、急行列車の轍にかかるのを待ったのである。薬剤の容器については、私は知るところがない。が、物好きな読者が、かの線路の附近を丹念に探しまわったならば、恐らくは水田の泥の中から、何ものかを発見するであろう。

かの夫人の懐中から発見されたという書置については、まだ一言も言及しなかったが、これとても靴跡その他と同様に、云うまでもなく夫人の拵《こしら》えておいた偽証である。私は書置を見たわけではないから単なる推測に止まるが、専門の筆蹟鑑定家の研究を乞うたならば、必ず夫人が自分自身の筆癖を真似たものであることが、そして、そこに書いてあった文句は、実に正直なところであったことが、判明するであろう。その他こまかい点については、一々反証を上げたり、説明を下したりする煩を避けよう。それは、以上の陳述によっておのずから読者諸君が悟られるであろうから。

最後に、夫人の自殺の理由であるが、それは、読者諸君も想像されるように、至極簡単である。私が博士の召使××氏から聞き得たところによれば、かの書置にも記された通り、夫人は実際ひどい肺病患者であった。このことは、夫人の自殺の原因を語るものではあるまいか。すなわち、夫人は慾深くも、一死によって厭世の自殺と恋の復讐との、二重の目的を達しようとしたのである。

これで私の陳述はおしまいである。今はただ、予審判事——氏が一日も早く私を喚問してくれることを祈るばかりである。


前日と同じレストランの同じテーブルに、左右田と松村が相対していた。

「一躍して人気役者になったね」

松村が友達を讃美《さんび》するように云った。

「ただ、いささか学界に貢献し得たことを喜ぶよ。若し将来、富田博士が、世界を驚かせるような著述を発表した場合にはただ、僕はその署名の所へ、左右田五郎共著という金文字を附け加えることを博士に要求しても差支えなかろうじゃないか」

こういって、左右田は、モジャモジャと伸びた長髪の中へ、櫛《くし》でもあるように、指をひろげて突っ込んだ。

「しかし、君がこれほど優れた探偵であろうとは思わなかったよ」

「その探偵という言葉を、空想家と訂正してくれたまえ。実際僕の空想はどこまでとっ走るかわからないんだ。例えば、若しあの嫌疑者が、僕の崇拝する大学者でなかったとしたら、富田博士その人が夫人を殺した罪人であるということですらも、空想したかも知れないんだ。そして、僕自身が最も有力な証拠として提供したところのものを、片ッ端から否定してしまったかも知れないんだ。君、これがわかるかい、僕が誠しやかに並べ立てた証拠というのは、よく考えて見ると、ことごとくそうでない、他の場合をも想像することが出来るような、曖昧《あいまい》なものばかりだぜ。ただ一つ確実性を持っているのは、例のＰＬ商会の切符だが、あれだってだ。例えば、問題の石塊の下から拾ったのではなく、その石のそばから拾ったとしたらどうだ」

左右田は、よく呑み込めないらしい相手の顔を眺めて、意味ありげにニヤリとした。

（「新青年」大正十二年七月号）

注1　反故紙
書きまちがいなどで不要になった紙。

注2　赤新聞
低俗な新聞。扇情的な暴露記事などを掲載した。

注3　ＰＬ商会
大正時代、夜行列車の三等車で枕の貸出しをしていた会社。

百面相役者

一

僕の書生時代の話だから、ずいぶん古いことだ。年代などもハッキリしないが、なんでも、日露戦争のすぐあとだったと思う。

その頃、僕は中学校を出て、さて、上の学校へはいりたいのだけれど、当時僕の地方には高等学校もなし、そうかといって、東京へ出て勉強させてもらうほど、家が豊《ゆたか》でもなかったので、気の長い話だ、僕は小学教員をかせいで、そのかせぎためた金で、上京して苦学をしようと思いたったものだ。なに、その頃は、そんなのがめずらしくはなかったよ。何しろ給料にくらべて物価の方がずっと安い時代だからね。

話というのは、僕がその小学教員を稼いでいたあいだに起ったことだ。(起ったというほど大げさな事件でもないがね) ある日、それは、よく覚えているが、こうおさえつけられるような、いやにドロンとした春先の或《あ》る日曜日だった。僕は、中学時代の先輩で、町の (町といっても××市のことだがね) 新聞社の編集部に勤めているRという男をたずねた。当時、日曜になると、この男をたずねるのが僕の一つの楽しみだったのだ。というのは、彼はなかなか物識《ものし》りでね、それも非常にかたよった、ふうがわりなことを、実によく調べているのだ。万事がそうだけれど、たとえば文学などでいうと、こう怪奇的な、変に秘密がかった、そうだね、日本でいえば平田篤胤《ひらたあつたね》だとか、上田秋成《うえだあきなり》だとか、外国でいえば、スエデンボルグだとかウイリアム・ブレークだとか、例の、君のよくいうポーなども、先生大すきだった。市井《しせい》の出来事でも、一つは新聞記者という職業上からでもあろうが、人の知らないような、変てこなことをばかにくわしく調べていて、驚かされることがしばしばあった。

彼の人となりを説明するのがこの話の目的ではないから、別に深入りはしないが、たとえば上田秋成の「雨月物語《うげつものがたり》」のうちで、どんなものを彼が好んだかということを一言《いちげん》すれば、彼の人物がよくわかる。したがって、彼の感化を受けていた僕の心持もわかるだろう。

彼は「雨月物語」は全篇どれもこれも好きだった。あの夢のような散文詩と、それから紙背《しはい》にうごめく、一種の変てこな味が、たまらなくいいというのだ。その中でも「蛇性《じゃせい》の婬《いん》」と「青頭巾《あおずきん》」なんか、よく声を出して、僕に読み聞かせたものだ。

下野《しもつけ》の国のある里の法師が、十二、三歳の童児を寵愛《ちょうあい》していたところ、その童児が病のために死んでしまったので「あまりに歎《なげ》かせたまうままに、火に焼きて土にほうむることもせで、顔に顔をもたせ、手に手をとりくみて日を経たまうが、つひに心みだれ、生きてある日に違はずたはむれつつも、その肉の腐りただるをおしみて、肉を吸ひ骨をなめ、はたくらいつくしぬ。」というところなどは、今でも僕の記憶に残っている。流行の言葉でいえば変態性欲だね。Rはこんなところがばかにすきなのだ、今から考えると、先生自身が、その変態性欲の持主だったかも知れない。

少し話が傍路《わきみち》にそれたが、僕がRを訪問したのは、今いった日曜日の、ちょうどひる頃だった。先生あいかわらず机にもたれて、何かの書物をひもといていた。そこへ僕がはいって行くと、たいへん喜んで、

「やア、いいところへ来た。今日は一つ、ぜひ君に見せたいものがある。そりゃ実に面白いものだ」

彼はいきなりこんなことをいうのだ。僕はまた例の珍本でも掘り出したのかと思って、

「ぜひ拝見したいものです」

と答えると、驚いたことには、先生立ち上がって、サッサと外出の用意をしはじめるのだ。そしていうには、

「外だよ。××観音《かんのん》までつきあいたまえ。君に見せたいものは、あすこにあるのだよ」

そこで、僕は、一体××観音に何があるのかと聞いてみたが、先生のくせでね、行

ってみればわかるといわぬばかりに、何も教えない。仕方がないので、僕はRのあとから、だまってついて行った。

さっきもいった通り、雷でも鳴り出しそうな、いやにどんよりした空模様だ。その頃電車はないので、半里ばかりの道を、テクテク歩いていると、身体《からだ》じゅうジットリと汗ばんで来る。町の通りなども、天候と同様に、変にしずまり返っている。時々Rが後をふり向いて話しかける声が一丁も先から聞えるようだ。狂気になるのは、こんな日じゃないかと思われたよ。

××観音は、東京でいえばまあ浅草《あさくさ》といったところで、境内《けいだい》にいろいろな見世物小屋がある。劇場もある。それが田舎だけに、いっそう廃頽的で、グロテスクなのだ。今時そんなことはないが、当時僕の勤めていた学校は、教師に芝居を見ることさえ禁じていた。芝居ずきの僕は困ったがね。でも首になるのが恐ろしいので、なるべく禁令を守って、この××観音なぞへはめったに足を向けなかった。したがって、そこにどんな芝居がかかっているか、見世物が出ているか、ちっとも知らなかった。(当時は芝居の新聞広告なんてほとんどなかった)で、Rがこれだといって、ある劇場の看板を指さした時には、非常にめずらしい気がしたものだよ。その看板がまたかわっているのだ。

新帰朝百面相役者××丈出演
探偵奇聞『怪美人』五幕
涙香小史《るいこうしょうし》のほん案小説に「怪美人」というのがあるが、見物してみるとあれではない、もっともっと荒唐無稽で、奇怪至極の筋だった。でもどっか、涙香小史を思わせるところがないでもない。今でも貸本屋などには残っているようだが、涙香のあの改版にならない前の菊判の安っぽい本があるだろう。君はあれのさし絵を見たことがあるかね。今見なおすと、実になんともいえぬ味のあるものだ。この××丈出演の芝居は、まあ、あの挿絵が生きて動いているといった感じのものだったよ。
実にきたない劇場だった。黒い土蔵見たいな感じの壁が、なかばはげ落ちて、そのすぐ前を、蓋《ふた》のない泥溝《どぶ》が、変な臭気を発散して流れている。そこへきたない洟垂《はなたれ》小僧が立ちならんで、看板を見上げている。まあそういった景色だ。だが看板だけはさすがに新しかった。それがまた実に珍なものでね。普通の芝居の看板書きが、西洋流の真似をして書いたのだろう、足がまがった紅毛碧眼《こうもうへきがん》の紳士や、身体じゅう襞《ひだ》だらけで、ばかに尻のふくれあがった洋装美人が、さまざまの恰好《かっこう》で、日本流の見えを切っているのだ。あんなものが今残っていたら、素敵な歴史的美術品だね。
湯屋の番台のような恰好をした、無蓋《むがい》の札売り場で、大きな板の通り札を買うと、僕らはその中へはいっていった。（僕はとうとう禁令をおかしたわけだ）中も外部に劣らずきたない。土間には仕切りもなく、一面に薄よごれたアンペラ（注1）が敷いてあるきりだ。しかもそこには、紙屑だとかミカンや南京豆の皮などが、いっぱいにちらばっていて、うっかり歩いていると、気味のわるいものが、べったり足の裏にくっつく。ひどい有様だ。だが、当時はそれが普通だったかも知れない。現にこの劇場なぞは町でも二、三番目に数えられていたのだからね。

はいってみるともう芝居ははじまっていた。看板通りの異国情調に富んだ舞台面で、出て来る人物も、皆西洋人くさい扮装をしていた。僕は思った、「これはすてきだ、さすがにRはいいものを見せてくれた」とね。なぜといって、それは当時の僕たちの趣味にピッタリあてはまるような代物なんだから。……僕は単にそう考えていた。ところが、後になってわかったのだが、Rの真意はもっともっと深いところにあった。僕に芝居を見せるというよりは、そこへ出て来る一人の人物すなわち看板の百面相役者なるものを観察させるためであった。

芝居の筋もなかなか面白かったように思うが、よく覚えていないし、それにこの話には大して関係もないから略するけれど、神出鬼没の怪美人を主人公にする、非常に変化に富んだ一種の探偵劇だった。近頃はいっこう流行らないが、探偵劇というものも悪くないね。この怪美人には座頭《ざがしら》の百面相役者がふんした。怪美人は警官その他追跡者をまくために、目まぐるしく変装する。男にも、女にも、老人にも、若人《わこうど》にも、貴族にも、賤民《せんみん》にも、あらゆる者に化ける。そこが百面相役者たるゆえんなのであろうが、その変装は実に手に入ったもので、舞台の警官などよりは、見物の方がすっかりだまされてしまうのだ。あんなのを、技神《ぎしん》に入るとでもいうのだろうね。

僕がうしろの方にしようというのに、Rはなぜか、土間のかぶりつきのところへ席をとったので、僕たちの目と舞台の役者の顔とは、近くなった時には、ほとんど一間ぐらいしか隔《へだ》たっていないのだ。だから、こまかいところまでよくわかる。ところが、そんなに近くにいても、百面相役者の変相は、ちっとも見分けられない。女なら女、老人なら老人に、なり切っているのだ。たとえば、顔のしわだね。普通の役者だと、絵具で書いているので、横から見ればすぐばけの皮が現われる。ふっくらとした頬に、やたらに黒いものをなすってあるのが、滑稽《こっけい》に見える。それがこの百面相役者のは、どうしてあんなことが出来るのか、ほんとうの肉に、ちゃんと皺《しわ》がきざまれているのだ。それればかりではない。変装するごとに、顔形がまるでかわってしまう。不思議でたまらなかったのは、時によって、丸顔になったり、細面《ほそおもて》になったりする。目や口が大きくなったり小さくなったりするのは、まだいいとして、鼻や耳の恰好さえひどくかわるのだ。僕の錯覚《さっかく》だったのか、それとも何かの秘術であんなことが出来るのか、いまだに疑問がとけない。

そんなふうだから、舞台に出て来ても、これが百面相役者ということは、想像もつかぬ。ただ番づけを見て、わずかにあれだなと悟るくらいのものだ。あんまり不思議なので、僕はそっとRに聞いてみた。

「あれはほんとうに同一人なのでしょうか。もしや、百面相役者というのは一人ではなくて、大勢の替玉《かえだま》を引っくるめての名称で、それがかわるがわる現われているのではないでしょうか」

実際僕はそう思ったものだ。

「いやそうではない。よく注意してあの声を聞いてごらん。声の方は変装のようにはいかぬかして、たくみにかえてはいるが、みな同一音調だよ。あんなに音調の似た人間がいく人もあるはずはないよ」

なるほど、そう聞けば、どうやら同一人物らしくもあった。

「僕にしたって、何も知らずにこれを見たら、きっとそんな不審を起したに相違ない」Rが説明した。

「ところが、僕にはちゃんと予備知識があるんだ。というのは、この芝居が蓋《ふた》をあける前にね、百面相役者の××が、僕の新聞社を訪問したのだよ。そして、実際僕らの面前で、あの変装をやって見せたのだ。ほかの連中は、そんなことにあまり興味がなさそうだったけれど、僕は実に驚嘆した。世の中には、こんな不思議な術もあるものかと思ってね。その時の××の気焔《きえん》がまた、なかなか聞きものだったよ。まず欧米における変装術の歴史をのべ、現在それがいかに完成の域に達しているかを紹介し、だが、我々日本人には、皮膚や頭髪のぐあいで、そのまま真似られない点が多いので、それについていかに苦心したか、そして、結局、どれほどたくみにそれをものにしたか、というようなことを実に雄弁にしゃべるのだ。団十郎《だんじゅうろう》だろうが菊五郎《きくごろう》だろうが日本広しといえどもおれにまさる役者はないという鼻息だ。何でもこの町を振り出しに、近く東京の檜《ひのき》舞台を踏んで、その妙技を天下に紹介するということだった。（彼はこの町のうまれなのだよ）その意気や愛すべしだが、可哀そうに、先生芸というものを、とんだはき違えて解釈している。何よりもたくみに化けることが、俳優の第一条件だと信じきっている。そして、かくのごとく化けることの上手な自分は、いうまでもなく天下一の名優だと心得ている。田舎から生れる芸にはよくこの類のがあるものだがね。近くでいえば、熱田《あつた》の神楽獅子《かぐらじし》などがそれだよ。それはそれとして、存在するだけの値うちはあるのだけれど……」

このRのくわしい註釈を聞いてから舞台を見るとそこにはまたいっそうの味わいがあった。そして見れば見るほど、ますます百面相役者の妙技に感じた。こんな男がもしほんとうの泥坊になったら、きっと、永久に警察の目をのがれることが出来るだろうとさえ思われた。

やがて、芝居は型のごとくクライマックスに達し、カタストロフィに落ちて、惜しい大団円《だいだんえん》を結んだ。時間のたつのを忘れて、舞台に引きつけられていた僕は、最後の幕がおりきってしまうと、思わずハッと深いため息をついたことだ。

二

劇場を出たのは、もう十時頃だった。空はあいかわらず曇って、ソヨとの風もなく、妙にあたりがかすんで見えた。二人共黙々として家路についた。Rがなぜだまっていたかは、想像の限りでないが、少くも僕だけは、あんまり不思議なものを見たために、頭がボーッとしてしまって、ものをいう元気もなかったのだ。それほど、感銘を受けたものだ。さて、銘々の家への分れ道に来ると、

「今日はいつにない愉快な日曜でした。どうもありがとう」

僕はそういって、Rに別れようとした。すると、意外にもRは僕を呼び止めて、

「いや、ついでにもう少しつきあってくれたまえ。実はまだ君に見せたいものがあるのだ」

という。それがもう十一時時分だよ。Rはこの夜ふけに、わざわざ僕を引っぱっていって、いったい全体何を見せようというのだろう。僕は不審でたまらなかったけれど、その時のRの口調が、妙に厳粛《げんしゅく》に聞こえたのと、それに当時、僕はRのいうことには、何でもハイハイと従う習慣になっていたものだから、それからまたRの家まで、テクテクとついて行ったことだ。

いわれるままに、Rの部屋へはいって、そこで、吊りランプの下で、彼の顔を見ると、僕はハッと驚いた。彼はまっさおになって、ブルブル震えてさえいるのだ。何がそうさせたのか、彼が極度に興奮していることは一《ひ》と目でわかる。

「どうしたんです。どっか悪いのじゃありませんか」

僕が心配して聞くと、彼はそれには答えないで、押入れの中から古い新聞の綴《と》じ込みを探し出して来て、一生懸命にくっていたが、やがて、ある記事を見つけ出すと、震える手でそれを指し示しながら、

「ともかく、この記事を読んで見たまえ」

というのだ。それは彼の勤めている社の新聞で、日附けを見ると、ちょうど一年ば

かり以前のものだった。僕は何がなんだか、まるで狐《きつね》につままれたようで、少しもわけがわからなかったけれど、とりあえずそれを読んで見ることにした。
見出しは「又しても首泥坊」というので、三面の最上段に、二段抜きで載せてあった。この記事の切抜きは、記念のために保存してあるがね、見たまえこれだ。

近来諸方の寺院頻々《ひんぴん》として死体発掘の厄《やく》にあうも、いまだ該犯人の捕縛を見るにいたらざるは時節柄まことになげかわしき次第なるが、ここにまたもやいまわしき死体盗難事件あり。その次第をしるさんに、去る×月×日午後十一時頃×県×郡×村字×所在×寺の寺男×某（五〇）が、同寺住職の云いつけにて附近の檀家へ使いに行き、帰途同寺境内の墓地を通過せる折から、雲間を出でし月影に一名の曲者《くせもの》が鍬《くわ》を振《ふる》って新仏《にいぼとけ》の土饅頭《どまんじゅう》を発掘せる有様を認め、腰を抜かさんばかりに打驚き泥坊泥坊と呼ばわりければ、曲者もびっくり仰天雲を霞《かすみ》とにげ失せたり。届け出により時を移さず×警察×分署長××氏は二名の刑事を従え現場に出張し取調べたるところ、発掘されしは去る×月×日埋葬せる×村字××番屋敷×××の新墓地なること判明せるが、曲者は同人の棺桶を破壊し死体の頭部を鋭利なる刃物をもって切断しいずこにか持去れるもののごとく、無慚《むざん》なる首なし胴体のみ土にまみれて残りおれり。

一方急報により×裁判所××検事は現場に急行し、×署楼上に捜査本部を設け百方手を尽して犯人捜査につとめたるも、いまだなんらの手掛りを発見せずと。該事件のやり口を見るに従来諸方の寺院を荒し廻りたる曲者のやり口と符節を合わすがごとく、恐らく同一人の仕業なるべく、曲者は脳髄の黒焼が万病にきき目ありという古来の迷信により、かかる挙に出でしものならんか。さるにても世にはむごたらしき人鬼もあればあるものなり。

そして終りに「因《ちな》みに」とあって、当時までの被害寺院と首を盗まれた死人の姓名とが、五つ六つ列記してある。

僕はその日、頭がよほど変になっていた。天候がそんなだったせいもあり、一つは奇怪な芝居を見たからでもあろうが、なんとなくものにおびえやすくなっていた。で、このいまわしい新聞記事を読むと、Rがなぜこんなものを僕に読ませたのか、その意味は少しもわからなかったけれど、妙に感動してしまって、この世界が何かこうドロドロした血みどろのもので充たされているような気がしだしたものだ。

「ずいぶんひどいですね。一人でこんなにたくさん首を盗んで、黒焼屋にでも売り込むのでしょうかね」

Ｒは僕が新聞を読んでいるあいだに、やっぱり押入れから、大きな手文庫を出して来て、その中をかき廻していたが、僕が顔を上げてこう話しかけると、

「そんなことかも知れない。だが、ちょっとこの写真を見てごらん。これはね、僕の遠い親戚にあたるものだが、この老人も首をとられた一人なんだよ。そこの『因みに』というところに××××という名前があるだろう、これはその××××老人の写真なんだ」

そういって一葉の古ぼけた手札形の写真を示した。見ると裏には、間違いなく新聞のと同じ名前が、下手な手蹟《しゅせき》でしたためてある。なるほどそれでこの新聞記事を読ませたのだな。僕は一応合点することが出来た。しかしよく考えて見ると、こんな一年も前の出来事をなにゆえ今頃になって、しかもよる夜中、わざわざ僕に知らせるのか、その点がどうも解せない。それに、さっきからＲがいやに興奮している様子も、おかしいのだ。僕はさも不思議そうにＲの顔を見つめていたに相違ない。すると彼は、

「君はまだ気がつかぬようだね。もういちどその写真を見てごらん。よく注意して。……それを見て何か思いあたる事がらはないかね」

というのだ。僕はいわれるままに、その白髪頭《しらが》の、しわだらけの田舎ばあさんの顔を、さらにつくづくながめたことだ。すると君、僕はあぶなくアッと叫ぶところだっ

たよ。そのばあさんの顔がね、さっきの百面相役者の変装の一つと、もう寸分違わないのだ。皺のより方、鼻や口の恰好、見れば見るほどまるで生きうつしなんだ。僕は生涯のうちで、あんな変な気持を味わったことは、二度とないね。考えて見たまえ、一年前に死んで、墓場へうずめられて、おまけに首まで切られた老婆が、少なくとも彼女と一分一厘違わない或る他の人間が（そんなものはこの世にいるはずがない）×× 観音の芝居小屋で活躍しているのだ。こんな不思議なことがあり得るものだろうか。「あの役者が、どんなに変装がうまいとしてもだ、見も知らぬ実在の人物と、こうも完全に一致することが出来ると思うかね」

Rはそういって、意味ありげに僕の顔をながめた。

「いつか新聞であれを見た時には、僕は自分の眼がどうかしているのだと思って、別段深くも考えなかった。が、日がたつにしたがってどうもなんとなく不安でたまらない。そこで、今日は幸い君の来るのがわかっていたものだから、君にも見くらべてもらって、僕の疑問を晴らそうと思ったのだ。ところが、これじゃ疑いが晴れるどころか、ますます僕の想像が確実になって来た。もう、そうでも考えるほかには、この不思議な実事を解釈する方法がないのだ」

そこでRは一段と声をひくめ、非常に緊張した面持《おももち》になって、

「この想像は非常に突飛《とっぴ》なようだがね。しかしまんざら不可能なことではない。先《ま》ず当時の首泥坊と今日の百面相役者とが同一人物だと仮定するのだ。（あの犯人はその後捕縛されてはいないのだから、これはあり得ることだ）で、最初は、あるいは死体の脳味噌をとるのが目的だったかも知れない。だが、そうしてたくさんの首を集めた時、彼が、それらの首の脳味噌以外の部分の利用法を、考えなかったと断定することは出来ない。一般に犯罪者というものは、異常な名誉心を持っているものだ。それに、あの役者は、さっきも話した通り、うまく化けることが俳優の第一条件で、それさえ出来れば、日本一の名声を博するものと、信じきっている。なおその上に、首泥坊が偶然芝居好きででもあったと仮定すれば、この想像説はますます確実性をおびて来るのだ。君、僕の考えはあまり突飛過ぎるだろうか。彼がぬすんだ首からさまざまの人肉の面を製造したという、この考えは……」

おお、「人肉の面」！　なんという奇怪な、犯罪者の独創であろう。なるほど、それは不可能なことではない。たくみに顔の皮をはいで、剝製《はくせい》にして、その上から化粧をほどこせば、立派な「人肉の面」が出来上がるに相違ない。では、あの百面相役者の、その名にふさわしい幾多の変装姿はそれぞれに、かつてこの世に実在した人物だったのか。

僕は、あまりのことに、自分の判断力を疑った。その時の、Rや僕の理論に、どこか非常な錯誤《さくご》があるのではないかと疑った。いったい「人肉の面」をかぶって、平気で芝居を演じ得るようなそんな残酷な人鬼が、この世に存在するであろうか。だが、考えるにしたがって、どうしても、そのほかには想像のつけようがないことがわかって来た。僕は一時間前に、現にこの目で見たのだ。そして、それと寸分違わぬ人物が、ここに写真の中にいるのだ。またRにしても、彼は日頃冷静をほこっているほどの男だ。よもやこんな重大な事がらを、誤って判断することはあるまい。

「もしこの想像があたっているとすると（実際このほかに考えようがないのだが）すてておくわけにはいかぬ。だが、今すぐこれを警察に届けたところで相手にしてくれないだろう。もっと確証を握る必要がある。たとえば百面相役者のつづらの中から、「人肉の面」そのものを探し出すというような。ところで、幸い僕は新聞記者だし、あの役者に面識もある。これは一つ、探偵の真似をして、この秘密をあばいてやろうかな。……そうだ。僕は明日からそれに着手しよう。もしうまくいけば親戚の老婆の供養《くよう》にもなることだし、また社に対しても非常な手柄だからね」

ついには、Rは決然として、こういう意味のことをいった。僕もそれに賛意を表した。二人はその晩二時頃までも、非常に興奮して語り続けた。

さあそれからというものは、僕の頭はこの奇怪な「人肉の面」でいっぱいだ。学校で授業をしていても、家で本を読んでいても、ふと気がつくと、いつの間にかそれを考えている。Rは今頃どうしているだろう。うまくあの役者にちかづくことが出来たかしら。そんなことを想像すると、もう一刻もじっとしていられない。そこで、たしか芝居を見た翌々日だったかに、僕はまたRを訪問した。

行ってみると、Rはランプの下で熱心に読書していた。本は例によって、篤胤の「鬼神論《きじんろん》」とか「古今妖魅考《ここんようみこう》」とかいう種類のものだった。

「ヤ、このあいだは失敬した」

僕があいさつすると、彼は非常におちついてこう答えた。僕はもう、ゆっくり話しの順序など考えている余裕はない。すぐさま問題をきり出した。

「あれはどうでした。少しは手がかりがつきましたか」

Rは少しけげんそうな顔で、

「あれとは？」

「ソラ、例の『人肉の面』の一件ですよ。百面相役者の」

僕が声を落してさも一大事という調子で、こう聞くとね。驚いたことには、Rの顔が妙にゆがみ出したものだ。そして、今にも爆発しようとする笑い声を、一生懸命か

み殺している声音で、

「ああ『人肉の面』か、あれはなかなか面白かったね」

というのだ。僕はなんだか様子が変だと思ったけれど、まだわからないでボンヤリ彼の顔を見つめていた。すると、Rにはその表情がよほど間が抜けて見えたに相違ない、彼はもうたまらないという様子で、やにわにゲタゲタ笑い出したものだ。

「ハハハハハ、あれは君、空想だよ。そんな事実があったら、さぞ愉快だろうという僕の空想に過ぎないのだよ。……なるほど、百面相役者は実際珍しい芸人だが、まさか『人肉の面』をつけるわけでもなかろう。それから、首泥坊の方は、これは、僕の担当した事件で、よく知っているが、その後ちゃんと犯人があがっている。だからね、この二つの事実のあいだには、なんの連絡もないのさ。僕が、それをちょっと空想でつなぎ合わせてみたばかりなのだ。ハハハハハ。ああ、例の老婆の写真かい。僕にあんな親戚なぞあるものか。あれはね、実は新聞社でうつした、百面相役者自身の変装姿なのだよ。それを古い台紙にはりつけて、手品の種に使ったというわけさ。種明しをしてしまえばなんでもないが、でもほんとうだとおもっているあいだは面白かっただろう。この退屈きわまる人生もね、こうして、自分の頭で創作した筋を楽しんでいけば、相当愉快に暮らせようというものだよ。ハハハハ」

これで、この話はおしまいだ。百面相役者はその後どうしたのか、いっこううわさを聞かない。おそらく、旅から旅をさすらって、どこかの田舎で朽《く》ちはててしまったのでもあろうか。

（「写真報知」大正十四年七月）

注1　アンペラ

アンペラというカヤツリグサ科の多年草の茎で編んだむしろのこと。

石榴

一

私は以前から「犯罪捜査録」という手記を書き溜《た》めていて、それには、私の長い探偵生活中に取扱った目ぼしい事件は、ほとんど漏《も》れなく、詳細に記録しているのだが、ここに書きつけておこうとする「硫酸《りゅうさん》殺人事件」はなかなか風変りな面白い事件であったにもかかわらず、なぜか私の捜査録にまだ記されていなかった。取扱った事件のおびただしさに、私はついこの奇妙な小事件を忘れてしまっていたのに違いない。

ところが、最近のこと、その「硫酸殺人事件」を細々《こまごま》と思い出す機会に出くわした。それは実に不思議千万な驚くべき「機会」であったが、その事はいずれあとで記すとして、ともかくこの事件を私に思い出させたのは、信州《しんしゅう》のS温泉で知合いになった猪《いの》股《また》という紳士、というよりは、その人が持っていた一冊の英文の探偵小説であった。手擦《てず》れで汚れた青黒いクロース表紙の探偵小説本に、今考えて見ると、実にさまざまの意味がこもっていたのであった。

これを書いているのは昭和——年の秋の初めであるが、その同じ年の夏、つまりつい一《ひ》と月ばかり前まで、私は信濃《しなの》の山奥に在るSという温泉へ、独《ひと》りで避暑に出かけていた。S温泉は信越《しんえつ》線のY駅から、私設電車に乗って、その終点から又二時間ほどガタガタの乗合自動車に揺られなければならないような、極く極《ご》く辺鄙《へんぴ》な場所にあって、旅館の設備は不完全だし、料理はまずいし、遊楽の気分はまったく得られない代りには、人里離れた深山幽谷《しんざんゆうこく》の感じは申し分がなかった。旅館から三丁ほど行くと、非常に深い谷があって、そこに見事な滝が懸《かか》っていたし、すぐ裏の山から時々猪《いのしし》が出て、旅館の裏庭近くをさえさまようことであった。

私の泊った翠巒荘《すいらんそう》というのが、S温泉でたった一軒の旅館らしい旅館なのだが、もののしいのは名前だけで、広さは相当広いけれど、全体に黒ずんだ山家《やまが》風の古い建物、白粉《おしろい》の塗り方も知らない女中たち、糊《のり》のこわいつんつるてんの貸し浴衣《ゆかた》、というまことに都離れた風情《ふぜい》であった。そんな山奥ではあるけれど、さすがに盛夏には八分どおり滞在客があり、その半ばは東京、名古屋など大都会からのお客さんである。私が知合いになったという猪股氏も、都会客の一人で、東京の株屋さんということであった。

私は本職が警察官のくせに、どうしたものか探偵小説の大の愛読者なのである。というよりは、私の場合は、探偵小説の愛読者が、犯罪事件に興味を持ち出したのがきっかけで、地方警察の平《ひら》刑事から警視庁捜査課に入り込み、とうとう半生を犯罪捜査に捧げることになったという風変りな経路をとったのであるが、そういう私のことだから、温泉などへ行くと、泊り客の中にうさん臭いやつはいないかと目を光らせるよりは、かえって、探偵小説好きはいないかしら、探偵小説論を戦わす相手はいないかしらと、それとなく物色《ぶっしょく》するのが常であった。

今、日本でも探偵小説はなかなか流行しているのに、娯楽雑誌などの探偵小説は読んでいても、単行本になった本格の探偵小説を持ち歩いているような人は不思議なほど少ないので、私はいつも失望を感じていたのであるが、今度だけは、翠巒荘に投宿したその日のうちに、実に願ってもない話し相手を見つけることが出来た。

その人は、青年でもあることか、あとでわかったところによると、私より五つも年長の四十四歳という中年者の癖《くせ》に、トランクに詰めている本といえばことごとく探偵小説、しかも、それが日本の本よりは英文のものの方が多いという、実に珍しい探偵趣味家であった。その中年紳士が今いった猪股氏であったことは申すまでもない。その猪股氏が、旅館の二階の縁側で、籐椅子に腰かけて、一冊の探偵本を読んでいたのを、私がチラと見かけたのがきっかけになり、どちらから接近するともなく接近して行って、その翌日はもうお互いの身分を明かし合うほど懇意《こんい》になっていた。

猪股氏の風采《ふうさい》容貌には、何かしら妙に私をひきつけるものがあった。それほどの年でもないのに、卵のように綺麗《きれい》に禿げた恰好《かっこう》のよい頭、ひどく薄いけれど上品な蓬々《ぼうぼう》眉、黄色な玉の縁なし眼鏡、その色ガラスを透して見える二重瞼《ふたえまぶた》の大きな目、スラッと高いギリシャ鼻、短い口髭《くちひげ》、揉上《もみあ》げから顎《あご》にかけて、美しく刈り揃えた頰ひげ、どことなく日本人離れのした、しかし、非常な好男子で、それが、たとい旅館のつんつるてんの貸し浴衣であろうとも、キチンと襟《えり》を合わせて、几帳面に帯を締めて端然としている様子は、ひどく謹厳《きんげん》な大学教授とでもいった感じで、とても株屋さんなどとは思われぬのであった。

だんだんわかったところによると、この紳士は、最近奥さんを失ったということで、どれほど愛していた奥さんであったのか、その深い悲しみが、彼の青白く美しい眉宇《びう》のあいだに、まざまざと刻まれていた。それとなく観察していると、大抵は部屋にとじこもって、例の探偵本を読んでいるのだが、好きな小説も彼の悲しみを忘れさせる力はないと見えて、ともすれば、読みさしの本を畳《たたみ》の上へほうり出したまま、机に頰杖をついて、空《うつ》ろな表情で、縁側の向うに聳《そび》える青葉の山を、じっと見つめている様子が、如何《いか》にも淋しそうであった。

翠巒荘に着いた翌々日のお昼過ぎのこと、私は食後の散歩のつもりで、浴衣のまま、焼印を捺《お》した庭下駄をはいて、裏門から、翠巒園という公園めいた雑木林の中へ出掛けて行ったが、ふと見ると、やっぱり浴衣がけの猪股氏が、向うの大きな椎の木にもたれて、何かの本に読み耽《ふけ》っていた。たぶん探偵小説であろうが、今日は何を読んでいるのかしらと、私はついその方へ近づいて行った。

　私が声をかけると、猪股氏はヒョイと顔を上げ、ニッコリ会釈《えしゃく》をしたあとで、手にしていた青黒い表紙の探偵本を裏返して、背表紙の金文字を見せてくれたが、そこには、

(注1)TRENT'S LAST CASE　E. C. BENTLEY

と三段ほどにゴシック活字で印刷してあった。

「むろんお読みなすったことがおありでしょう、僕はもう五度目ぐらいなんですよ。ごらんなさい、こんなに汚れてしまっている。実によく出来た小説ですね。恐らく世界で幾つという少ない傑作の一つだと思います」

　猪股氏は、読みさしたページに折り目をつけて、閉じた本をクルクルともてあそびながら、ある情熱をこめていった。

「ベントリーですか、私もずっと以前に読んだことがあります。もう詳しい筋なんかはほとんど忘れてしまっていますが、何かの雑誌で、それとクロフツの『樽』とが、イギリス現代の二つの最も優れた探偵小説だという評論を読んだことがありますよ」

　そして、私たちは又、しばらくのあいだ、内外の探偵小説について感想を述べ合っ

たことであるが、それに引続いて、もう私の職業を知っていた猪股氏は、ふとこんなことを云い出したのである。

「長いあいだには、ずいぶん変った事件もお扱いなすったでしょうね。これで私なども、新聞で騒ぎ立てるような大事件は、切抜きを作ったりして、いろいろと素人《しろうと》推理をやって見るのですが、そういう大事件でなしに、いっこう世間に知られなかった、ちょっとした事件に、きっと面白いのがあると思いますね。何かお取扱いになった犯罪のうちで、私どもの耳に入らなかったような、風変りなものはありませんでしょうか。むろん新しい事件では、お話し下さるわけにはいかぬでしょうが、何かこう時効にかかってしまったような古い事件でも……」

これは私が新しく知り合った探偵好きの人から、いつもきまったように受ける質問であった。

「そうですね。私の取扱った目ぼしい事件は、大抵記録にして保存しているのですが、そういう事件は、当時新聞でも詳しく書き立てたものばかりですから、いっこう珍しくもないでしょうし……」

私はそんなことを云いながら、猪股氏の両手にクルクルもてあそばれているベントリーの探偵小説を眺めていたが、するとどういうわけであったか、私の頭の中のモヤモヤした叢雲《むらくも》を破って、まるで十五夜のお月さまみたいに、ポッカリ浮き上がって来たのが、先に云った「硫酸殺人事件」であった。

「実際の犯罪事件というものは、純粋の推理で解決する場合は、ほとんどないといってもいいくらい少ないのです。ですから私たち探偵小説好きにはほんとうの犯罪はそんなに面白くない。推理よりも偶然と足とが重大要素なのです。クロフツの探偵小説は、謂《い》わば足の探偵小説、探偵が頭よりも足を使って、無闇と歩きまわって事件を解決しますね。あれなんかやや実際に近い味ではないかと思うのですよ。しかし例外がない事もない。今思い出したのですが『硫酸殺人事件』とでも云いますか、十年ほど前に起った奇妙な事件があるのです。それは地方に起った事だものですから、東京大阪の新聞は、ほとんど取扱わなかったように記憶しますけれど、小事件の割には、なかなか面白いものでしたよ。私はそれを、余り古い事なので、つい忘れるともなく忘れていたのですが、今あなたのお言葉で、ヒョイと思い出しました。ご迷惑でなかったら、記憶をたどりながら、一つお話しして見ましょうか」

「ええ、是非。なるべく詳しく伺いたいものですね。硫酸殺人と聞いただけでも、なんだか非常に面白そうではありませんか」

猪股氏は、子供らしいほど期待の目を輝かせながら、飛《とび》つくようにいうのであった。

「ゆっくり落ちついて伺いたいですね。立ち話もなんですから……といって、旅館の部屋ではあたりがやかましい。どうでしょうか、これから滝道の方へ登って行きますと、そういうお話を伺うには持って来いの場所があるんですが……」

そんなふうに云われるものだから、私もだんだん乗気になって行った。私には妙なくせがあって、「犯罪捜査録」を執筆する時は、その前に一度、事件の経過を詳しく人に話して聞かせるのが慣例のようになっていた。そうして話している間に、おぼろげな記憶がだんだんハッキリして、辻褄《つじつま》が合って来る。それがいざ筆を執る段になって大へん役に立つからである。又、私は座談にかけてはなかなか自信があって、探偵小説めいた犯罪事件などを、なるべく面白そうに順序を立てて、詳しく話して聞かせるのが、一つの楽しみでもあった。今日はなんだかうまく話せそうだわいと思うと、私の方も子供になって、一も二もなく猪股氏の申し出に応じたものである。

半ば雑草に覆われた細い坂道を、ウネウネ曲りながら、一丁ほど登ると、先に歩いていた猪股氏が立ち止まって、ここですよという。なるほど、うまい場所を見つけておいたものである。一方はモクモクと大樹の茂った急傾斜の山腹、一方は深い谷を見おろした、何丈《じょう》とも知れぬ断崖、谷の底には異様に静まり返ったドス黒い淵が、深く深く見えている。その桟道《さんどう》になった細道から、少しそれた所に、一つの大きな岩が、廂《ひさし》のように深淵を覗《のぞ》いていて、そこに畳一畳《じょう》ほどの平らな場所があるのだ。

「あなたのお話を伺うには、実にお誂《あつら》え向きの場所ではありませんか。一つ足を踏みはずせば、たちまち命のない崖の上、犯罪談や探偵小説の魅力はちょうどこれではないかと思いますよ。お尻の擽《くすぐ》ったくなるこの岩の上で、恐ろしい殺人のお話を伺うとは、何と似つかわしい事ではないでしょうか」

猪股氏はさも得意げにいって、いきなり岩の上に登ると、深い谷を見おろす位置にドッカリと腰を据えた。

「ほんとうに怖いような所ですね。若《も》しあなたが悪人であったら、私はとてもここへすわる気にはなれませんよ」

私は笑いながら、彼の隣に席を占めた。

空は一面にドンヨリした薄曇《うすぐも》りであった。何か汗ばむような天候ではあったけれど、温度は大へん涼しかった。谷を隔てた向うの山も、陰気に黒ずんで、見渡す限り二人のほかには生物の気配もなく、いつもはやかましいほどの鳥の声さえ、なぜかほとんど聞こえては来なかった。ただ、ここからは見えぬ川上の滝音が、幽《かす》かな地響きを伴なって、おどろおどろ鳴り渡っているばかりであった。

猪股氏のいう通り、私の奇妙な探偵談には実に打ってつけの情景である。私はいよいよ乗気になって、さて、その「硫酸殺人事件」について話し始めたのである。

二

それは今から足掛け十年前、大正――年の秋に、名古屋《なごや》の郊外Gという新住宅街に起った事件です。G町は今でこそ市内と同じように、住宅や商家が軒を並べた明るい町になっていますが、十年前の其《そ》の頃は、建物よりは空地の方が多いような、ごく淋しい場所で、夜など、用心深い人は提燈《ちょうちん》を持って歩くほどの暗さだったのです。

ある夜のこと、所轄《しょかつ》警察署の一巡査が、そのG町の淋しい通りを巡回していました時、ふと気がつくと、確かに空家のはずの一軒の小住宅に――それは空地のまん中にポツンと建った、毀《こわ》れかかったような一軒建ての荒屋《あばらや》で、ここ一年ほどというもの、雨戸をたて切ったままになっていて、急に住み手がつこうとも思われませんのに、不思議なことに、空家の中に幽かな赤ちゃけた明《あか》りが見えていたのです。しかもそのほの明りの前に、何かしらうごめいているものがあったのです。明りが見えるからには、閉めきってあった戸が開かれていたのでしょう。いったい何者がその戸を開いたのか、そして、あんな空家の中へ侵入して何をしているのか。巡回の警官が不審を起したのは至極もっともなことでした。

巡査は足音を盗むようにして空家へ近づいて行って、半開きになっている入口の板戸のあいだからソッと家の中を覗いて見たと云います。すると、先《ま》ず最初目にはいったのは、畳も敷いてない、埃《ほこり》だらけの床板に、蜜柑《みかん》箱様のものを伏せて、その上にじかに立てられた太い西洋蠟燭《ろうそく》だったそうです。

蠟燭の手前に、黒く、きやたつのようなものが脚をひろげて立っていて、そのきやたつの前に、何か小さなものに腰かけたモゾモゾ動いている人影があったというのです。よく見るときやたつと思ったのは、写生用の画架でして、それにカンヴァスを懸けて、一人の若い長髪の男が、しきりと絵筆を動かしていたのでした。

ひとの空家に侵入して、蠟燭の光で何かを写生しているんだな。美術青年の物好きにもせよ、けしからん事だ。しかしいったいこの夜更けに、わざと薄暗い蠟燭の光なんかで何を写生しているのかしらと、その巡査は蜜柑箱の向う側にあるものを、注意して眺めたと申します。

そのものは——美術青年のモデルになっていたものは、立っていなかったのです。ほこりだらけの床板の上に、長々と横たわっていたのです。ですから、巡査にも急にはそのものの正体がわかりませんでしたが、蜜柑箱の蔭《かげ》になっているのを、背伸びをして、よく見ますと、それは確かに人間の服装はしているのですけれど、どうも人間とは思われない、なんともえたいの知れぬ変てこれんなものだったということです。

巡査は石榴《ざくろ》がはぜたようなものだったと形容しましたが、私自身も、のちにそれを見た時、やっぱりよく熟してはぜ割れた石榴を連想しないではいられませんでした。

そこには、黒い着物を着た一箇の巨大な割れ石榴が転がっていたのです。という意味はむろんおわかりでしょうが、滅茶滅茶に傷つき、ただれ、血に汚れ、どう見ても人間とは思われないような、無残な顔が転がっていたのです。

巡査は最初、そんなふうなグロテスクな酔狂《すいきょう》なメーク・アップをしたモデル男なのかと考えたそうです。それを写生している青年の様子が、ばかに悠然として、ひどく嬉しそうに見えたからです。又、美術学生などというものは、こうした突飛《とっぴ》な所業《しょぎょう》をしかねまじいものだという事を、その巡査は心得ていたからです。

しかし、たとい扮装をしたモデルにもせよ、これはちと穏やかでないと考えましたので、いきなり空家の中へ踏み込んで行って、その青年を詰問《きつもん》したのですが、すると、異様な長髪の美術青年は、別に驚きあわてる様子もなく、かえってあべこべに、何を邪魔するのだ、折角《せっかく》の感興を滅茶滅茶にしてしまったじゃないかと、巡査に向って喰って掛ったと云います。

巡査はそれに構わず、ともかく蜜柑箱の向うに横たわっている例の怪物を、間近に寄って検《しら》べて見ますと、決してメーク・アップのモデルでないことがわかりました。息もしていなければ脈もないのです。その男は、実に目もあてられない有様で、お化《ばけ》のように殺害されていたのでした。

巡査は、こいつは大変な事件だぞと思うと、日頃ひそかに待ち望んでいた大物にぶつかった興奮で、もう夢中になって、有無をいわせず、その青年を近くの交番まで引っ立てて行き、そこの巡査の応援を求め、本署にも電話をかけたのですが、その興奮しきった電話の声を聞き取ったのが、斯《か》くいう私でありました。もうお察しのことと思いますけれど、当時私はまだ郷里の名古屋にいまして、M警察署に属する駈け出しの刑事だったのです。

電話を受取ったのが九時少し過ぎでした。夜勤の者のほかは皆自宅に帰っていて、いろいろ手間取ったのですが、検事局、警察部にも報告した上、結局署長自身が検証に出向くことになり、私も老練な先輩刑事と一緒に、署長さんのお供をして現場の有様を詳しく観察することが出来ました。

殺されていたのは、警察医の意見によりますと、三十四、五歳の健康な男子ということでした。これという特徴もない中肉中背の身体《からだ》に、シャツは着ないで、羽二重《はぶたえ》の長襦袢《ながじゅばん》に、くすんだ色の結城紬《ゆうきつむぎ》の袷《あわせ》を着て、絞り羽二重の兵児帯《へこおび》をまきつけて居りましたが、その着物も襦袢も帯もひどく着古したよれよれのもので、少なくとも現在では、決して豊かな身分とは思われませんでした。

両手と両足を荒縄《あらなわ》で縛《しば》られていたんですが、縛られるまではずいぶん抵抗したらしく、胸だとか二の腕などに、おびただしい掻《か》き傷が残っていました。大格闘が演じられたのに違いありません。それを誰も気づかなかったのは、さっきも申し上げる通り、その空家というのが、広っぱのまん中に、ポツンと離れて建っていたからでありましょう。

手足を縛っておいて、顔に劇薬をかけたのです。こうしてお話ししていますと、その恐ろしい形相《ぎょうそう》が、まざまざと目の前に浮かんで来るようです。私は今、その不気味なものの様子を、どんなに詳しくでもお話しすることが出来ますけれど……ああ、あなたもそういうお話はお嫌いのようですね。では、そこの所は端折《はしょ》ることにしまして……さて、その男の死因なのですが、いくらひどく硫酸をぶッかけたからといって、顔を焼けどしたくらいで死ぬものではありません。若しや、硫酸をかける前に、殴るとか締めるとかしたのではあるまいかと、医師がいろいろ検べて見たのですが、命に別状のない掻き傷のほかには、そういう形跡は少しもないのでした。

ところが、やがて、実に恐ろしいことがわかって来ました。嘱託医《しょくたくい》が、ふと、こんなことを云い出したのです。

「犯人は硫酸を顔へかけるのが目的ではなくて、こんなに焼けただれたのは、実は偶然の副産物だったのではないでしょうか……この口の中をごらんなさい」

そういって、ピンセットで唇をめくり上げたのを、覗いて見ますと、口の中は顔の表面にもまして、実に惨澹《さんたん》たる有様でした。赤いドロドロしたものが一杯にたまっていて、舌なんてどこへ行ったのか、まるで見えやしないのです。で、又医者がいうのです。

「床板にしみ込んでいてよく分らないけれど、可なり吐いているようです。顔へかけた劇薬が口にはいって、胃袋まで届くはずはありませんからね。これはもう明らかにそれを飲ませようとしたのですよ。先ず手足を縛っておいて、左の手で鼻をつまんだのでしょうね。そうとしか考えられないじゃありませんか」

ああ、なんという恐ろしい考えでしたろう。しかし、いくら恐ろしくても、この想像説には、少しも間違いがないように思われました——被害者の死体は翌日直《す》ぐ解剖に附されたのですが、その結果はやっぱりこの警察医の言葉を裏書きしました。無理やり硫酸を飲ませて人殺しをするなんて、まるで非常識な狂気の沙汰《さた》です。気違いの仕業《しわざ》かも知れません。でなければ、ただ殺したのでは飽き足りないほどの、よくよくの深い憎悪なり怨恨なりが、こんな途方もない残虐な手段を考え出させたものに相違ありません。被害者の絶命の時間は、もちろん正確にはわからないのですけれど、医師の推定では、その日の午後も夕方に近い時分、恐らくは四時から六時頃までのあいだではないかということでした。

こんなふうにして、大体殺人の方法は想像がついたのですが、では、「誰が」「何のために」「誰を」殺したかという点になりますと——変な云い方ですが——まるで見当がつきません。むろん、例の長髪の美術青年は、本署に留置して、調べ室でビシビシ調べたのですけれど、犯人は決して自分ではない、被害者が誰であるかも知らないと云い張って、何時《いつ》までたっても、少しも要領を得ないのでした。

その青年は、問題の空家のあるG町の隣町に間借りをして、なんとか云いましたっけ、ちょっと大きな洋画の私塾へ通っている、ほんとうの美術学生でした。名前は赤《あか》池《いけ》と云いました。お前は、殺人事件を発見しながら、なぜすぐ警察へ届け出なかったのだ、怪《け》しからんではないか。その上あのむごたらしい死骸を、平気で写生しているとは、いったいどうしたというのだ。お前こそ犯人だと云われても弁解の余地がないではないかと、詰問された時、その赤池君はこんなふうに答えたのです。

「僕はあの長いあいだ住み手のない、化物屋敷みたいな空家に以前から魅力を感じていて、何度もあすこへはいったことがあるのです。錠前も何も毀れてしまっているから、はいろうと思えば誰だってはいれますよ。まっ暗な空家の中でいろいろな空想を描いて時間をつぶすのが、僕には大へん楽しかったのです。今日の夕方も、そんなつもりで、何気なくはいって行くと、目の前にあの死骸が転がっていたのですよ。もうほとんど暗くなっていましたので、僕はマッチをすって、死骸の様子を眺めました。そして、こいつはすばらしいと思ったのです。なぜといって、ちょうどああいう画題を、僕は長いあいだ夢見ていたのですからね。闇の中のまっ赤な花のように、目もくらむばかりの血の芸術。僕はそれをどんなに恋いこがれていたでしょう。実に願ってもないモデルでした。僕は家に飛んで帰って、画架と絵具と蠟燭とを、空家の中へ持ち込んだのです。そしてあのにくらしいお巡《まわ》りさんに妨害されるまで、一心不乱に絵筆をとっていたのです」

どうもうまく云えませんが、赤池君のその時の言葉は、物狂わしい情熱にみちていて、なんだか悪魔の歌う詩のように聞こえたことでした。まったくの狂人とも思われませんが、決して普通の人間じゃあない、少なくとも、病的な感情の持ち主であることは確かです。こういう男を常規《じょうき》で律《りっ》することは出来ない。さもさもまことしやかな顔をして、その実どんな嘘を云っているか知れたものではない。血みどろの死骸を平気で写生していたほどだから、人を殺すことなどなんとも思っていないかも知れぬ。誰しもそんなふうに考えたものです。殊《こと》に署長さんなどは、てっきりこいつが犯人だというので、一応の弁解が成り立っても、帰宅を許すどころか、留置室にとじこめたまま、実に烈《はげ》しい調べ方をさせたのでした。

そうしている間に、まる二日が経過しました。私なぞは、よく探偵小説にあるように、空家の床や地面を、犬みたいに這い廻って、十二分に検べたのですけれど、硫酸の容器も出て来なければ、足跡や指紋も発見されず、手掛りと云っては、何一つなかったのです。又、附近の住人たちに聞き廻っても、なにしろ一ばん近いお隣というのが、半丁も離れているのですから、この方もまったく徒労《とろう》に終りました。一方唯一の被疑者である赤池青年は、ふた晩というものほとんど一睡もさせないで取調べたのですが、責めれば責めるほど、彼の云うことはますます気違いめいて行くばかりで、まったくらちがあきません。

それよりも何よりも、一ばん困るのは、被害者の身元が少しもわからないことでした。顔は今申したはぜた石榴なんですし、身体にもこれという特徴はなく、ただ着物の柄を唯一の頼みにして、探偵を進めるほかはなかったのですが、先ず第一番に赤池の間借りをしていた理髪店の主人を呼び出して、その着物を見せても、まったく心当りがないと云いますし、空家の附近の人たちもハッキリした答えをするものは一人もないという有様で、私たちはほとんど途方に暮れてしまったのです。

ところが、事件の翌々日の晩になって、妙な方面から、被害者の身元がわかって来ました。そして、この無残な死にざまをした男は、当時こそ落ちぶれてはいたけれど、以前は人に知られた老舗《しにせ》の主人であったことが判明したのです。さて、私のお話は、これからおいおい探偵談らしくなって行くのですが。

三

その晩も事件について会議みたいなものがありまして、私は署に居残っていたのですが、八時頃でした、谷村絹代《たにむらきぬよ》さんという人から、私へ電話がかかって来たのです。至急あなただけに内密にご相談したいことがあるから、すぐお出《い》で下さらんでしょうか、実は今世間で騒いでいる硫酸殺人事件に関係のある事柄です。しかし、これは私に会って、話を聞いて下さるまで、署の人たちに知らせないようにして欲しい。どうか急いでお出で下さい。というおだやかならん話なのです。電話口の絹代さんの声は妙に上ずって、何か非常に興奮している様子でした。

谷村というのは、若しやご存知ではありませんか、名古屋名物の貉饅頭《むじなまんじゅう》の本舗なのです。東京でいえば、風月堂とか、虎屋とかに匹敵する大きなお菓子屋さんでした。あの地方では誰知らぬものもない、旧幕時代からの老舗ですよ。駱なんて、変てこな名をつけたものですが、これには物々しい由来話などもあって、古くから通った名前だものですから、あの辺の人には別に変にも響かないらしいのですね。私はここの主人の万右衛門《まんえもん》という人とは懇意な間柄でして……万右衛門などというと、如何にもお爺《じい》さん臭いですが、これは谷村家代々の伝え名なので、当時の万右衛門さんは、まだ三十を三つ四つ越したばかりの、大学教育を受けた物分りのいい若紳士でしたが、その人が文学なども噛《かじ》っているものですから、小説好きの私とはよく話が合って、ああ、そうそう、私はこの人と、探偵小説論なども戦わしたことがあるのですよ。絹代さんというのは、その万右衛門さんの若くて美しい奥さんだったのです。その奥さんからそういう電話を受けたのですから、打ち捨てておくわけにはいきません。私は出鱈目《でたらめ》の口実を作って会議の席をはずし、さっそく谷村家へと駈けつけました。

駱饅頭の店は、名古屋でも目抜きのTという大通りにあって、古風な土蔵造りの店構えが、その町の名物みたいになっているのですが、別に家族の住宅が、M署管内の郊外にあったのです。そんなに遠い所でもないのですから、私はテクテクと暗い道を歩きながら、ヒョイと気がついたのは、問題の殺人のあったG町の空家は、谷村さんの宅とは目と鼻のあいだ、ほんの三丁ほどしか隔《へだ》っていないということでした。そういう地理的な関係からしましても、絹代さんの電話の言葉がいよいよ意味ありげに考えられて来るのです。

さて絹代さんに会って見ますと、日頃血色のいい人がまるで紙のように青ざめて、ひどくソワソワしていましたが、私の顔を見るなり、大変なことになりました、どうしたらいいのでしょうと、すがりつかんばかりの有様でした。いったいどうなすったのですと聞きますと、主人が――万右衛門さんがですね、行方不明になってしまったというのです。時も時、例の硫酸殺人事件が発見された翌朝のこと、万右衛門さんが、夢中になって奔走《ほんそう》していた製菓事業の株式会社創立の要件で東京のMという製糖会社の重役に会うために、午前四時何分発の上り急行列車で出発したのだそうです。その頃はまだ特急というものがなかった時分で、東京へお昼過ぎに着くためにはそんな早い汽車を選ばなければならなかったのですよ――ちょっとお断わりしておきますが、その出発したというのは、むろん絹代さんと一緒に寝泊りをしている郊外の住宅の方からでした。万右衛門さんは、その前日は、会社創立のことで、面倒な調べものをして、夜おそくまで書斎にこもっていたのだそうです。――ところが、同じ日の夕方になって、そのM製糖会社から絹代さんの所へ至急電話がかかって来て、谷村さんが約です。急を要する要件があって、先方でも待ちかねていたものと見えますね。この意外な電話に、絹代さんはびっくりして、確かに今朝《けさ》四時の汽車でそちらへ参りました。ほかへ寄り道などするはずはありませんが、と答えますと、先方から重ねて、実は赤坂の谷村さんの定宿《じょうやど》の方も調べさせたのだけれど、そこにもお出でがない。谷村さんに限ってほかの宿屋へお泊りなさるはずはないのだが、どうもおかしいですねということで、有耶無耶《うやむや》に電話が切れてしまったというのです。

それから翌日は一日じゅう、つまり私が谷村さんを訪ねた晩までのあいだですね、その一日じゅう、製糖会社はもちろん、東京の宿屋やお友達の所、静岡の取引先など、心当りという心当りへ何度も電話をかけて、万右衛門さんの行方を尋ねたのだそうですが、どこにも手応えがない。まる二日というもの谷村さんの所在はまったくわからないのです。これが普通の場合なれば別に心配もしないのだけれど、と絹代さんがいうのですよ、主人の出発した前の晩には、ああいう恐ろしい事があったのでしょう。ですから何かしら胸騒ぎがして……と奥歯に物の挟《はさ》まったように云い淀《よど》んでいるのです。

恐ろしい事というのは、むろん硫酸殺人事件なのですが、では絹代さんは、若しや

あの被害者を知っているのではないかしら。私は何かしらハッとして、恐る恐るそのことを尋ねて見ました。すると、

「ええ、ほんとうはあの夕刊を見た時から、私にはチャンとわかっていたのです。でも、どうしても怖くって、警察へお知らせする気になれなかったものだから……」

と口ごもるのです。

「誰です？　あの空家で殺されていたのは、いったい誰なのです」

私は思わずせきこんで尋ねました。

「ほら、私どもとは長年のあいだ商売敵であった、もう一軒の駱饅頭の御主人、琴野《ことの》宗一《そういち》さんですよ。新聞に出ていた着物の様子もそっくりだし、そればかりでなく、実はもっと確かな証拠がありますのよ」

それを聞きますと、私は何もかもわかったような気がしました。絹代さんが被害者を知りながら、今まで黙っていたわけ、それほど心痛している癖に、万右衛門さんの捜索願をしなかったわけ、一切合点《がてん》がいったのです。絹代さんは実に恐ろしい疑いを抱いていたのでした。

その頃名古屋には、駱饅頭という同じ名のお菓子屋さんが、市内でも目抜きのT町に、ほとんど軒《のき》を並べんばかりにくッついて二軒営業をしていました。一軒は私の懇

意にしていた谷村万右衛門さん、絹代さんのご主人ですね。もう一軒は琴野宗一といって、絹代さんによればこの事件の被害者なのですが、両方とも数代続いた老舗でして、どちらがほんとうの元祖なのか、私も詳しいことは知りませんが、谷村の方でも、琴野の方でも、負けず劣らず「元祖駱饅頭」という大きな金看板を飾って、目と鼻のあいだで元祖争いを続けていたのでした。東京の上野K町に二軒の黒焼屋さんが軒を並べて元祖争いをやっていることは大変有名ですから、あなたもたぶんご存知でしょうが、つまりあれなのですね。

元祖争いと云うからには、両家のあいだが睦《むつ》まじくなかったことは申すまでもありませんが、駱饅頭の不仲と来ては、少々桁《けた》はずれでして、何代前の先祖以来両家の争いについてさまざまの噂《うわさ》話が伝え残されていたほどです。琴野家の職人が谷村家の仕事場へ忍び込んで、饅頭の中へ砂を混ぜた話、谷村家が祈禱師《きとうし》を頼んで、琴野家の没落を祈った話、両家の十数人の職人たちが、町のなかで大喧嘩《おおげんか》をして、血の雨を降らせた話、万右衛門さんの曾祖父に当る人が、その当時の琴野の主人と、まるで武士のように刀を抜き合わせて果し合いをした話、算《かぞ》え上げれば際限もないことですが、数代に亘《わた》ってつちかわれた両家の敵意というものは、実に恐ろしいほどでして、その呪いの血が万右衛門宗一両氏の体内にも燃えさかっていたのでしょう。両家の反目は当代になって一そう激化されたように見えました。

この二人は子供の時分、級は違いましたけれど、同じ小学校に通っていたのですが、校庭や通学の道で出くわせば、もうすぐに喧嘩だったそうです。血を流すほどのとっくみ合いをしたことも度々《たびたび》あると云います。この争いは、各年齢を通じて、さまざまの形を取って続けられて来ましたが、因果な二人は、恋愛においてさえも、いがみ合わなければなりませんでした。というのは、つまり谷村さんと琴野氏とが、一人の美しい娘さんを奪い合ったわけなのです。そこにはいろいろ複雑ないきさつがあったのですが、当の娘さんの心が万右衛門さんに傾いていたものですから、結局この争いは谷村さんの勝ちとなり、殺人事件の三年ほど前に盛大な婚礼式が挙げられました。その娘さんというのがつまり絹代さんなのです。

この敗北が、琴野家没落のきっかけとなりました。宗一さんは心底から絹代さんを恋していたものですから、失恋からやけ気味となり、商売の方はお留守にして花柳界《かりゅうかい》を泳ぎまわるという有様。それでなくても、大仕掛けな製菓会社に圧迫されて、もう左前《ひだりまえ》になっていた店の事ですから、たちまちにして没落、旧幕以来の老舗もいつしか人手に渡ってしまいました。

店の没落と前後して、両親も失い、失恋以来独身を通していたので、子供とてもなく、宗一さんは今ではまったく独りぼっちとなって、親戚の助力でかつかつその日を送っていたのでした。この頃から琴野氏は妙に卑劣な恥も外聞も構わないような所業をしはじめました。昔の同業者を訪ねて合力《ごうりき》を乞《こ》うて廻ったり、仇敵《きゅうてき》である谷村家をさえ足繁《しげ》く訪ねて、夕御飯などを御馳走になって帰るようになったのです。谷村さんもしばらくのあいだは、先方から尾を垂れて来るのですから、いやな顔も出来ず、友達のように扱っていましたが、そのうちに、琴野氏が訪ねて来るのは、実は絹代さんの顔を見たり、美しい声を聞いたりするためであることがわかって来たのです。とうとう絹代さんから万右衛門さんに、なんだか怖いような気がしますから、琴野さんを家へ来ないように計らって下さいと申し出たほどなのです。そこで、ある日の事、万右衛門さんと琴野氏とのあいだに、殴り合いもしかねまじい烈しい口論があって、それ以来琴野氏はパッタリと谷村家へ足踏みしなくなったのですが、それと同時にある事ない事谷村さんの悪口をふれ廻りはじめました。殊にひどいのは、絹代さんの貞操《ていそう》を疑わせるような事を、しかもその罪の相手は琴野氏自身であるという作り話を方々で喋りちらすことでした。

たとい作り話とわかっていても、そんな事を間接に耳にしますと、万右衛門さんもつい妙な疑惑を抱かないではいられませんでした。私の家内は、絹代さんと大変うまが合って、よくお訪ねしてはいろいろお世話になっていたのですが、そういう事が自然家内の耳にも入るものですから、近頃谷村さんご夫婦のあいだが変だ、時々高い声で口論なすっていることさえある。あれでは奥さんがお可哀そうだなどとよく私に云い云いしたものでした。

そんなふうにして、先祖伝来の憎悪怨恨の悪血が、万右衛門さんの胸にも宗一さんの胸にも、だんだん烈しく沸き立っていきました。その果てには、宗一さんから万右衛門さんに当てて、呪いに充《み》ちた挑戦の手紙が頻々《ひんぴん》として舞い込むこととなったのです。谷村さんは平常《へいぜい》は大変物わかりのよい紳士ですが、一つ間違うと、まるで悪鬼のように猛《たけ》り狂う烈しい気性の持ち主でした。恐らくは先祖から伝わる闘争好きな血のさせる業《わざ》だったのでしょうね。

硫酸殺人事件は、こういう事情が、謂《い》わばその頂点に達していた時に起ったのです。宗一さんが前代未聞のむごたらしい方法で殺されたそのちょうど翌朝、万右衛門さんが汽車に乗ったまま行方不明になってしまった。とすると、絹代さんがあのようにおののき恐れたのも決して無理ではなかったのです。

さて、お話を元に戻して、私が絹代さんに呼ばれて、被害者が琴野宗一氏に違いないとうちあけられた、あの晩のことを続けて申上げますが、絹代さんはそれには着物の柄が一致するばかりでなく、こういう証拠があるのだと云って、帯のあいだから細かく畳んだ紙切れを取り出し、それをひろげて見せてくれました。紙切れというのは手紙らしいもので、大体こんなことが書いてあったのです。

何月幾日の——正確な日附を今思い出せませんが、それはつまり殺人事件が発見された当日にあたるのです。で、何月幾日の午後四時に、G町の例の空家（例とあるからには、その手紙の受取主であった万右衛門さんも、あらかじめその空家を知っていたのでしょうね）例の空家に待っているから、是非来てもらいたい。そこで、年来のいざこざをすっかり清算したいと思うのだ。君はよもや、この手紙を読んで、卑怯に逃げ隠れなどしないだろうね。まあこんなことが、しかつめらしい文章で書いてあったのです。差出人はむろん琴野宗一氏で、文章の終りに、以前琴野家の前の店の商標であった、丸の中に宗の字が書き添えてありました。

「で、ご主人は、この時間に空家へ出掛けられたのですか」

私は驚いて尋ねました。万右衛門さんは感情が激《げき》するとそういうばかばかしい真似も仕兼ねない人ですからね。

「それがなんともいえませんのよ。主人はこの手紙を見ると顔色を変えて、ホラご存知でしょう。あの人の癖の、こめかみの脈が、目に見えるほどピクピク動き出しましたの。わたし、これはいけないと思って、気違いみたいな人にお取り合いなさらぬ方がいいって、くどくお止めしておいたのですけれど……」

と絹代さんはいうのです。それに、万右衛門さんは、さきにもちょっと申しましたように、その日午後からずっと夜おそくまで、書斎にとじこもって、東京へ持って行く新設会社の目論見書《もくろみしょ》とかを書いていたので、絹代さんはすっかり安心していたのだそうですが、今になって考えると——いったい万右衛門さんは、一と晩だって行く先を知らせないで家をあけたことのない人ですから、それが丸二日も行方不明になって見ると、どうもその書斎へこもっていたというのが、絹代さんを安心させる手だったのかも知れないのです。万右衛門さんの書斎というのは、裏庭に面した日本座敷で、その縁側を降りて柴折戸《しおりど》をあければ、自由に外へ出られたのですからね。で、恐ろしい邪推をすれば、家内の者に知れぬようにソッと忍び出して、すぐ近くのG町へ出かけて行き、又何喰わぬ顔で書斎に戻っているということも、決して不可能ではなかったのです。

万右衛門さんが、あらかじめ殺意を以て、その空家へ出かけて行ったというのは、まったく有り得ない事でした。由緒《ゆいしょ》ある家名を捨て、美しい奥さんを捨てて、敗残の琴野氏などと命のやり取りをする気になれよう道理がありませんからね。若し出かけて行ったとすれば、ただ琴野氏の卑劣なやり方を面罵《めんば》して、拳骨《げんこつ》の一つもお見舞い申すくらいの考えだったのでしょう。しかしそこに待ちかまえていた相手は、さっきからもいうように、世を呪い人を呪い、気違いのようになっていた琴野氏ですから、どんな陰謀を企んでいなかったとも限りません。若しその時琴野氏が硫酸の瓶《びん》を手にして、相手の顔をめちゃめちゃにしてやろうと身構えていたとしたら――これは想像ですよ。しかし非常に適切な想像ではないでしょうか。琴野氏にとって万右衛門さんは、憎んでも憎み足りない恋敵です。その恋敵の顔を癩病やみのように醜くしてやるというのは、実に絶好の復讐といわねばなりません。恋人を奪った男が、片輪者同然になって生涯悶《もだ》え苦しむのみか、女の方では、つまり絹代さんの方では、その醜い片輪者を末永く夫としてかしずいていかねばならぬという、一挙にして二重の効果をおさめるわけですからね。さて、そこへはいって行った万右衛門さんが、事前に敵の陰謀を見抜いたとしたら、どういうことになりましょうか。勃然《ぼつぜん》として起る激情をおさえることが出来たでしょうか。幾代前の先祖から培われた憎悪の血潮が、分別を越えて荒れ狂わなかったでしょうか。そこに常規を逸した闘争が演じられたことは、想像に難《かた》くないではありませんか。そして、つい勢いのおもむくところ、敵の用意した劇薬を逆に即座の武器として、あの恐ろしい結果をひき起した。と考えても、さして不合理ではないように思われます。

絹代さんは昨夜《ゆうべ》から、一睡もしないで、そういう恐ろしい妄想《もうそう》を描いていたのです。そして、もうじっとしていられなくなったものですから、日頃、相当立ち入ったことまで話し合っている私を呼び出して、思い切って、その恐ろしい疑惑をうち明けなすったわけでした。

「しかし、いくら感情が激したからと言って、奥さんはご承知ないかも知れませんが、琴野さんはただ硫酸をぶッかけられたのでなく、それを飲まされていたのですよ。昔、罪人の背筋を裂いて鉛の熱湯を流しこむという刑罰があったそうですが、それにも劣らぬ無残きわまる所業ではありませんか。ご主人にそんな残酷な真似が出来たでしょうか」

私はなんの気もつかず、感じたままをいったのですが、すると、絹代さんはさも気まずそうに、上眼《うわめ》使いに私を見て、パッと赤面されたではありませんか。私はたちまちその意味を悟りました。万右衛門さんは或る意味では非常に残酷な人だったのです。少し以前、私の家内が絹代さんのお供をして、笠置《かさぎ》の温泉へ遊びに行った事がありまして、その時家内は、絹代さんの全身に、赤くなった妙な傷痕《きずあと》が沢山ついていることを知ったのです。絹代さんは、誰にもいっちゃいやよ、と断わって、家内にだけ、その傷の謂《いわ》れをお話しなすったそうですが、万右衛門さんには、そういう意味の残酷性は充分あったわけで、絹代さんはそれを考えて、思わず赤面されたのに違いありません。

しかし、私はそれを見ぬ振りして、なおも慰めの言葉をつづけました。

「あなたは大変な取越し苦労をしていらっしゃるのですよ。そんなことがあっていいものですか。ご主人が出発されてからまだ二日しかたっていないのですから、行方不明だかどうか分りもしないのです。それにたといあれが琴野さんだったとしても、現に赤池という気違いみたいな青年が、現場《げんじょう》で捕えられているのですから、何か確かな反証でも挙がらない限り、あの男が下手人と見なければなりません。恐ろしい死骸を、平気で写生していたほどですから、あいつなれば硫酸を飲ませるぐらいのことはやったかも知れませんよ」

と、まあいろいろ気安めを並べて見たのですが、直覚的にほとんどそれを信じきっているらしい絹代さんは、いっこう取り合ってくれませんでした。そこで、結局は、今どう騒いで見ても仕方がないのですから、私は何も聞かなかった体《てい》にして、もう一日二日様子を見ようではありませんか。なあに、谷村さんはそのうちにヒョッコリ帰って来られるかも知れませんよ。ただ被害者が琴野宗一であるという点は私が警察官なのですから、このままうっちゃっておくわけにも行きませんが、しかしそれは谷村さんや奥さんの名前を出さなくても、他の方面から確かめる道がいくらもありますよ。決してご心配には及びません。ということで、その晩は絹代さんと別れたのです。むろん私はその夜のうちに、被害者が琴野氏であるという新知識に基づいて、同氏が、佗住《わびず》まいをしていた借家を訪ね、果して行方不明になっているかどうかを確かめて見るつもりでした。ところが、そうして谷村家を辞して、M署へ帰って見ますと、私の留守中に何かあった様子で、署内の空気がなんとなくざわめいているではありませんか。司法主任の斎藤《さいとう》という警部補が――この人は当時県下でも指折りの名探偵といわれていたのですが――その斎藤氏がいきなり私の肩を叩いて、オイ被害者がわかったぞ、と云うのです。

よく聞いて見ますと、私が会議の席をはずして間もなく、二人づれのお菓子屋さんが署を訪ねて来て、硫酸殺人事件の被害者の着物を見せてほしいと申し出たのだそうです。その着物は幸いまだ署に置いてあったものですから、すぐ見せてやりますと、二人の者は顔を見合わせて、いよいよそうだ、元絡饅頭の主人琴野宗一さんに違いない。この結城紬は琴野さんがまだ盛んの時分わざわざ織元へ注文した別誂《べつあつら》えの柄だから、広い名古屋にも、二つとない品だ。最近もこの一張羅《いっちょうら》を着て私どもの店へ遊びに来た事があるくらいですから、決して間違いはありません。という確かな証言を与えました。そこで、琴野氏の住所へ署のものが行って調べて見ますと、案《あん》の定《じょう》、一昨日どこかへ出かけたきり、まだ帰宅しないということが判明したのだそうです。

もうなんの疑うところもありません。被害者は琴野氏に確定しました。少《すく》なくとも被害者に関する限り絹代さんの直覚は恐ろしく的中したのです。この調子だと、加害者もやっぱりあの人の想像した通りかも知れないぞと、私はなんだか不吉な予感におびえないではいられませんでした。

「被害者が琴野とわかって見ると、もう一軒の駱饅頭の本家を調べる必要があるね。なにしろ有名な敵同士なんだから。ああ、そうそう、君は確かあの駱饅頭、谷村とかいったっけね、あすこの主人と懇意なのじゃないかね。一つ君を煩《わずら》わそうか」

司法主任がなんの気もつかず、私をビクビクさせるのです。

「いや、私はどうも……」

「フン、懇意すぎて調べにくいというのかね、よしよし、それじゃ俺がやろう。そして、この神秘の謎というやつを、一つ嗅《か》ぎ出して見るかな」

名探偵の司法主任は、舌なめずりをして、そんな事をいうのでした。

四

斎藤警部補はさすが名探偵といわれたほどあって、実にテキパキと調査を進めて行きました。彼はもうその晩のうちに谷村さんが行方不明になっていることを探り出し、翌日からは谷村家の店や住宅はもちろん、万右衛門さんと親交のあった同業者の宅などへ、自ら出向いたり部下をやったりして、忽《たちま》ちのうちに、私が絹代さんから聞いているだけの事情を、すっかり調べ上げてしまいました。いや、それ以上のある重大な事実までも探り出したのです。しかもその新事実は、万右衛門さんが下手人であるということを、ほとんど確定するほどの恐ろしい力を持っていたのでした。

谷村さんが株式組織の製菓会社を起そうとしていたことは前にも申上げた通りですが、株式といっても一般に公募するわけではなく、新式の製菓会社に圧迫されて営業不振をかこつ市内の主だったお菓子屋さんたちが、それに対抗して新しい活路を求めるために、各自資金を調達して相当大規模な製菓工場を起そうということになり、会社成立の上は、谷村さんが専務取締役に就任する予定だったのですが、それについて、工場敷地買入れ資金その他創立準備費用として、各お菓子屋さんの出資になる五万円(注2)程の現金を谷村さんが保管して、仮りに市内の銀行の当座預金にしてあったというのです。
　二、三のお菓子屋さんの口から、そのことがわかったものですから、さっそく絹代さんに預金通帳のありかを糺《ただ》しますと、通帳なれば主人の書斎の小型金庫にしまってあるはずだというので、それを開いて見たのですが、ほかの小口の預金帳は残っていましたけれど、五万円の分だけが紛失していたのです。そこですぐさまN銀行に問い合わせたところ、その五万円は、ちょうど、殺人事件のあった翌朝、銀行が開かれると間もなく、規定の手続を踏んで引出されていることが判明しました。支払係は谷村さんの顔を見慣れていませんでしたので、引出しに来たのが万右衛門さんかどうかは断言しかねるということでしたが、しかし、これによって見ますと、谷村さんは五時の上り急行列車に乗ったと見せかけて、実は銀行の開かれる時間まで、名古屋に止《とど》まっていたことになるのです。この一事だけでも、万右衛門さんが犯人であることは、もう疑いの余地がないではありませんか。
　たとい一時の激情からとはいえ、殺人罪を犯して見れば、すぐ目の前にちらつくのは恐ろしい断頭台の幻です。万右衛門さんが逃げられるだけ逃げて見ようと決心したのは、人情の自然ではありますまいか。逃亡となると、すぐ入用なものはお金です。纏《まと》まったお金さえあれば、捜査の網の目をのがれるために、あらゆる手段を尽すことが出来るのですからね。万右衛門さんは、あのむごたらしい罪を犯したあとで、何喰わぬ顔で自宅に帰りました。それは一つには絹代さんにそれとなく別れを告げるためでもあったでしょう。しかし、もっと重大な目的は、小型金庫の中から五万円の通帳を取り出すことではなかったでしょうか。

そのほかにまだ、私だけが知っていて、検事局でも警察でも知らない一つの妙な事柄がありました。これは後になって私の家内が絹代さんの口から聞き出して来たのですが、谷村さんが東京へ行くといって家を出た前晩、つまり殺人事件が発見されたその夜ですね。万右衛門さんのその夜中の様子が、どうもただごとではなかったというのです。何かこう、永《なが》の別れでもするように、さもさも名残惜しげに、近頃になく絹代さんにやさしい言葉をかけて、突然気違いみたいに笑い出すかと思うと、涙をポロポロこぼして烈しいすすり泣きを始めるという有様だったそうです。万右衛門さんという人は、先にも申しました通り、日頃から奥さんに対する愛情の表し方が、常人とはひどく違っていたのです。そういう風変りな人だものですから、又いつもの病気なのだろうと、さして気にも留めなかったのだそうですが、あとになって考えると、やっぱりあれには深い意味があったのだ、万右衛門さんはほんとうに今生《こんじょう》の別れを告げていたのだと、ヒシヒシ思い当りますと、絹代さんが打ち明けなすったというのです。

そんなふうにして、万右衛門さんの有罪はもはや動かしがたいものとなったのですが、それらの事情なぞよりも、もっと確かな証拠は、そうして十何日というものが経過したにもかかわらず、谷村さんの行方が杳《よう》として知れないことでした。むろん警察では、人相書きを全国の警察署に配布して、厳重な捜索を依頼していたのですけれど、それにもかかわらず、今もってなんの消息もないのを見ますと、これはもう、万右衛門さんが、あらゆる手段を尽して、故意に姿をくらましているとしか考えられないのでした。そこでやっとあの非凡な芸術家赤池青年の釈放ということになりました。彼はこの事件の発端で甚《はなは》だ重要な一と役を勤めたわけですが、考えて見れば気の毒な男です。聞けばその後ほんとうの気違いになって、とうとう癲狂院に入れられてしまったということですが。

このようにして旧幕以来の名古屋名物であった狢饅頭は、二軒が二軒とも、なんの因縁でしたろうか、実にみじめな終りをとげたのでありました。気の毒なのは絹代さんでした。さてご主人がいなくなって、親戚なぞが寄り集まって財産しらべをして見ますと、谷村さんがああして製菓会社を起してみたり、いろいろやきもきしなければならなかったのも無理でないことがわかって来ました。外見は派手につくろっていたものの、内実は、谷村家には負債こそあれ絹代さんが相続するような資産など一銭だってありはしなかったのです。T町の由緒ある土蔵造りの店舗は、三番まで抵当にはいっているし、土地住宅も同じように負債の担保になっているという始末。十数本の簞笥《たんす》と、その中にはいっている幾十襲《かさ》ねの衣裳だけが、やっと奥さんの手に残ったのですが、絹代さんはそれを持って、泣く泣く里へ居候に帰らなければならない有様でした。

さて、これでいわゆる硫酸殺人事件は凡《すべ》て落着したように見えました。私などもそれを信じきっていたのです。ところが、やがて、実はそうでないことがわかって来ました。この事件には、まるで探偵小説のような、非常に念入りな奇怪至極なトリックが用いられていたことがわかって来ました。それは指紋だったのです。たった一つの指紋が事態をまるで逆転させてしまったのです。これから少し自慢話になるわけですが……その指紋を発見したのが、この私でありました。そして、たった一つの指紋から、まるで不可能としか思えない、犯人のずば抜けたトリックを看破《かんぱ》して、警察部長さんからお褒《ほ》めの言葉をいただいたという、まあ気のいい話なのですが。

それは殺人が行われて半月あまりも後のことでしたが、ある日、絹代さんがいよいよ住居を手離すことになって、女中たちを指図して部屋をかたづけているところへ、私が行き合わせたのです。そして取りかたづけのお手伝いをしながら、元の万右衛門さんの書斎をウロウロしていて、ふと目についたのが一冊の日記帳でした。むろん万右衛門さんの日記ですよ。あの人は今頃どこに隠れているのかしら、定めし取返しのつかぬ後悔に責めさいなまれていることであろう……などと、感慨をもよおしながら、その日記の最後の記事から、だんだんに日をさかのぼって目を通して行ったのですが、記事そのものには、別に意外な点もなく、ただ所々に、琴野宗一氏の執拗《しつよう》な所業を呪う言葉が書きつらねてあるくらいのものでしたが、そのあるページを読んで、ヒョイと気がついたのは、ページの欄外の白い部分に、ベッタリと、拇指《おやゆび》に違いない一つの指紋が捺《お》されていることでした。万右衛門さんが日記を書きながら、インキで拇指を汚してそれと知らずにページを繰《く》ったために、そんなハッキリした指紋が残されたのに相違ありません。

初めは何気なく眺めていたのですが、やがて私はギョッとして穴のあくほどその指紋を見つめはじめました。恐らく顔色も青ざめていたことでしょう。息遣いさえ烈しくなっていたかも知れません。絹代さんが私の恐ろしい形相に気づいて、まあどうなすったのと、声をかけられたほどですからね。

「奥さん、これ、これ……」と私はどもりながら、その指紋を指して、「この指のあとはむろんご主人でしょうね」と詰問《きつもん》するように尋ねたものです。すると絹代さんは、

「ええ、そうですわ。主人はこの日記を決して他人にさわらせませんでしたから、それは主人のに間違いありませんわ」

とおっしゃるのです。

「では、奥さん、何かこう、ご主人がふだんお使いになっていた品で、指紋の残っているようなものはないでしょうか。例えば塗りものだとか、銀器だとか……」

「銀器でしたら、そこに煙草《たばこ》入れがありますが、そのほかには主人が手ずから扱ったような品物はちょっと思い出せませんけれど」

絹代さんはびっくりしたような顔をしています。私はいきなりその煙草入れを取って調べて見ました。表面は拭《ぬぐ》ったようになんの跡もついていませんでしたが、蓋《ふた》を取って裏を見ると、その滑らかな銀板の表に、幾つかの指紋にまじって、日記帳のと一分一厘違わない拇指紋が、まざまざと浮き上がっていたではありませんか。

あなたはきっと、ただ肉眼で見たくらいで、指紋の見分けがつくものかと、不審にお思いなさるでしょうが、われわれその道で苦労していますものは、別段拡大鏡を使わずとも、少し目を接近させて熟視すれば、隆線《りゅうせん》の模様など大体見分けることが出来るのですよ。もっとも、その時はなお念のために書斎の机の抽斗《ひきだし》にあったレンズを出して、充分調べて見たのですが、決して私の思い違いではありませんでした。

「奥さん、実に大変なことを発見したのです。まあそこへ坐って下さい。そして、私のお尋ねすることを、よく考えて答えて下さい」

私はすっかり興奮してしまって、恐らく目の色を変えて、絹代さんに詰め寄ったことと思います。その興奮が移ったのか、絹代さんも青い顔をして、不安らしく私の前に坐りました。

「エーと、先ず第一に、あの夕方ですね、ご主人が出発された前日の夕方ですね、谷村さんはむろん夕ご飯を家でお上がりになったのでしょうが、その時の様子を、出来るだけ詳しくお話し下さいませんか」

私の質問はひどく唐突だったに違いありません。絹代さんは目を丸くして、まじまじと私の顔を見て居りましたが、

「詳しくといって、何もお話しすることはありませんわ」

とおっしゃるのです。と云いますのは、その日谷村さんは、書斎にとじこもったきり、夢中になって調べものをして居られたので、夕ご飯なんかも絹代さんが書斎まで運んで行って、お給仕《きゅうじ》もしないで、襖《ふすま》をしめて、茶の間へ帰ったというのです。そして、しばらくしてから、頃を見計らってお膳を下げに行っただけだから、別にお話しすることもないという事でした。これは万右衛門さんの癖でして、何か調べものをす

るとか、書きものや読書などに熱中している時は、朝から晩まで書斎にとじこもって、家内の人を近寄らせない、お茶なども、机のそばの火鉢に銀瓶《ぎんびん》をかけておいて、自分で入れて飲むといったあんばいで、まるで芸術家みたいな潔癖を持っていたのです。

「で、その時ご主人はどんなふうをしていられました。何かあなたに物をいわれましたか」

「いいえ、物なんかいうものですか。そんな時こちらから話しかけようものなら、きっと怒鳴りつけられるにきまっていますので、私もだんまりで引き下がりましたの。主人は向うを向いて机にかじりついたまま、見向きもしませんでした」

「ああ、そうでしたか……それから、これはちょっとお尋ねしにくいのですが、こういう大事の場合ですから、思い切ってお聞きしますが、その晩ですね、ご主人はなんでも一時頃まで書斎にこもっていて、それからお寝《やす》みになったということですが、そのお寝みになった時の様子を一つ……」

絹代さんはポッと目の縁《ふち》を赤くして――あの人はよく赤面する人でした。そうすると又一そう美しく見える人でした。私は今でも、あの美しい奥さんの姿が、瞼の裏に残っているような気がしますよ。――赤くなってモジモジしていましたが、私が真顔になって催促するものですから、仕方なく答えました。

「奥の八畳に寝みますの。あの晩は、あまり遅くなるものですから、わたし、先に失礼して、ウトウトしているところへ、そうです、ちょうど一時頃でしたわ。主人がはいって参りましたの」

「その時部屋の電燈はつけてありましたか」

「いいえ、いつも消しておく習慣だったものですから……廊下の電燈が障子に射して、まっ暗というほどでもありませんの」

「それで、ご主人は何かお話しになりましたか。いいえ、ほかのことは何もお聞きしないでもいいのです。ただ、その晩寝室でご主人とのあいだに、世間話とか、家庭のこととか、何かお話があったかどうかという事を伺いたいのです」

「別になにも、……そう云えばほんとうに話らしい話は、何もしなかったようですわ」

「そして、四時前にはもう起きていらしったのですね。その時の様子は？」

「私つい寝すごして、主人が起きて行ったのを知りませんでしたの。ちょうどその朝、電燈に故障があって、主人は蠟燭の火で洋服を着たのですが、化粧室ですっかり着更《きが》えをするまで、私ちっとも知らなかったのです。そうしているところへ、前の晩から云いつけてあった人力車が参りましたので、女中と私とが、やっぱり蠟燭を持って玄関のところまでお送りしましたの」

まるで講釈師みたいな変な話し方になりましたが、これは決して写実の意味ではありませんよ。話の筋をわかりやすくするための便法《べんほう》です。ダラダラお話ししていたのでは、ご退屈を増すばかりだと思いますので、ほんとうの要点だけをつまんでいるのですよ。むろんこんな簡単な会話で、私の探り出そうとしていたことがわかろうはずはありません。その時の私たちの会話は、たっぷり一時間もかかったのですからね。で、つまり、その朝万右衛門さんは、食事もしないで出掛けたのだそうです。秋の四時といえば、夜中ですから、それも尤《もっと》もなわけではありますがね。まあこういうふうにして、聞きたいだけのことをすっかり聞いてしまいました。私はドキドキしながら、手に汗を握って、この奇妙な質問を続けていたのです。私の組み立てた途方もない妄想が的中するかどうかと、まるで一か八《ばち》かの骰子《さいころ》でも振るような気持でしたよ。ところが、どうでしょう。その晩の様子を聞けば聞くほど、私の妄想はだんだん現実の色を濃くしてくるではありませんか。

「すると、奥さんはあの夕方から翌朝までのあいだ、ご主人の顔を、はっきりごらんなすったことは一度もないわけですね。又、話らしい話もなさらなかったのですね」

私がいよいよ最後の質問を発しますと、絹代さんは、しばらくのあいだその意味を解しかねてぼんやりしていましたが、やがて徐々に表情が変って行きました。それはまるでお化けにでも出くわしたような無残な恐怖でした。

「まあ、何をおっしゃってますの？　それはいったいどういう意味ですの？　早く、早く、訳《わけ》を聞かせて下さい」

「では、奥さんは自信がないのですね。あれが果してご主人だったかどうか」

「まあ、いくらなんでも、そんなことが……」

「しかし、はっきり顔をごらんなすったわけではないでしょう。それに、あの晩に限って、ご主人はどうしてそんなに無口だったのですか。よく考えてごらんなさい。夕方から朝までですよ。そのあいだ一度も話らしい話もしない一家の主人なんてあるものでしょうか。書斎にとじこもっていらしったあいだは別としても、それからあと出発される迄《まで》には、留守中云い置くこととか、なんかお話があるべきじゃないでしょうか」

「そういえば、ほんとうに無口でしたわ。旅立ちの前に、あんなに無口であったことは、一度もありませんでしたわ。まあ、わたし、どうしましょう。これはいったいどうしたということでしょう。気が違いそうですわ。早くほんとうの事をおっしゃって下さい。早く……」

絹代さんのこの時の驚きと恐れとが、どのようなものであったか、あなたにも充分ご想像がつくと思います。さすがに私もそこまでは突っ込むことは出来ませんでしたし、絹代さんの方でも、むろんそれに触れはしなかったのですが、若しあの晩の男が万右衛門さんでなかったとすると、絹代さんは実に女としての最大の恥辱《ちじょく》に遭《あ》ったわけなのです。さいぜんも申しました通り、私の家内を通じて知ったところによりますと、その晩に限って、万右衛門さんの様子が、不断とは非常に違っていたというではありませんか。突然笑い出すかと思うと、又たちまち泣き出したというではありませんか。そしてその熱い涙が絹代さんの頰をグショグショに濡らしたというではありませんか。それを今までは、谷村さんが殺人犯人であるために気が顚倒《てんとう》していたのだ、あの涙は奥さんとの訣別《けつべつ》の涙だったのだと、きめてしまっていましたけれど、若しその人が万右衛門さんでなかったとすれば、あの執拗な抱擁《ほうよう》も、笑いも、涙も、まったく別な、非常にいまわしい意味を持って来るではありませんか。

そんなばかばかしい事が起るものだろうか。あなたはきっとそうおっしゃるでしょうね。しかし、昔からずば抜けた犯罪者たちは、まったくありそうもない事を、不可能としか思われぬことを易々《やすやす》とやってのけたではありませんか。それでこそ、彼らは犯罪史上に不朽《ふきゅう》の悪名を残すことが出来たのではありませんか。

絹代さんの立場は、ただ不幸というほかに言葉はありません。そういう思い違いをしたとしても決してあの人の罪ではないのです。犯人の思いつきが余りにも病的で、常規を逸していたのです。あらゆる物質が慣性《かんせい》とか惰力《だりょく》とかいう奇妙な力に支配されているように、人間の心理にもそれと似た力が働いています。書斎に坐りこんで調べものをしている人は、もしその着物が同じで、後ろ姿がそっくりであったとしたら、主人に違いないと思い込んでしまうのです。書斎にはいるまでは確かにその人だったのですから、別の事情が生じない限り——そして、その別の事情は生じてはいたのですが、ずっと後になって初めてわかったのです——書斎から出て来た人も主人だと思い込むのに、なんの無理がありましょう。それから寝室、朝の出発、すべてはこの錯覚の継続でした。大胆不敵の曲者《くせもの》は、同時に又甚だ細心でありまして、そこには電燈の故障というような微妙なトリックまで用意されていました。絹代さんの話によれば、あとで電燈会社の人を呼んで、検べてもらいますと、故障でもなんでもなく、どうしてはずれたのか、いつの間にやら大元のスイッチの蓋が開いて、電流が切れていたのだということです。つまり曲者は、皆の寝静まっている間に台所へ行って、鴨居《かもい》の上にあるスイッチ箱の蓋を開いておきさえすればよかったのです。普通の家庭では大元のスイッチのことなどいっこう注意しないものですから、あわただしい出発の際に、女中たちがそこまで気のつくはずはないと、チャンと計算を立てていたのに違いありません。

「では、では、あなたは、あれが主人でないとすると、いったい誰だったとおっしゃるのですか」

やっとしてから、絹代さんが泣きそうな声で恐る恐る尋ねました。

「びっくりなすってはいけませんよ。僕の想像が当っているとすれば、いやいや、想像ではなくて、もうほとんど間違いのない事実ですが、あれは琴野宗一だったのです」

それを聞くと、絹代さんの美しい顔が、子供が泣き出す時のようにキュッとゆがみました。

「いいえ、そんなはずはありません。あなたは何をいっていらっしゃるのです。夢でもごらんなすったのですか。琴野さんはああして殺されたではありませんか。殺されたのがあの日の夕方だというではありませんか」

絹代さんにして見れば藁《わら》にもすがりついて、この恐ろしい考えを否定したかったのに違いありません。

「いや、そうではないのです。あなたには実になんとも云いようのないほどお気の毒なことですが、殺されたのは琴野さんではなくて……琴野さんの着物を着せられた谷村さんだったのですよ。ご主人だったのですよ」

私はとうとうそれをいわねばなりませんでした。絹代さんはほんとうに可哀そうでした。行方不明にもせよ、谷村さんがこの世のどこかの隅に隠れていたとすれば、どうしたことで再会出来ぬとも限らないのですが、そうではなくて、谷村さんこそ被害者――あのはぜた石榴みたいにむごたらしく殺されていた当人だとすると、たとい、夫は恐ろしい殺人者ではなかったのだという気安めがあるにもせよ、悲痛の情は一そう切実に迫って来るに違いありませんからね。その上、更に更に惨酷なことは、一と晩だけ夫に化けた男が、谷村家にとっては累代《るいだい》の仇敵、夫の万右衛門さんが蛇蝎《だかつ》の如く忌《い》み嫌っていた男、いや、そんなことはまだどうでもいいのです。何よりも恐ろしいのは、それが万右衛門さんを殺害した――無理やり硫酸を飲ませて殺害した当の下手人であったということでした。女として、妻として、ほとんど耐えがたい事柄ではないでしょうか。

「私、どうにも信じきれません。それには何か確かな証拠でもありますの？　どうか何もかもおっしゃって下さいまし。私はもう覚悟して居りますから」

絹代さんはまったく色を失ったカサカサの唇で、かすかにいうのでした。

「ええ、お気の毒ですけれど、確かすぎる証拠があるのです。この日記帳と煙草入れに残された指紋は、さっきも確かめました通り、ご主人の谷村さんのものに間違いないのですが、その指紋とあのG町の空家で殺されていた男の指紋とが、ピッタリ一致するのですよ」

その頃愛知県にはまだ索引指紋設備はなかったのですが、この事件の被害者は、何しろ顔がめちゃめちゃになっていて、容易に身元が判明しそうもなかったものですから、万一東京の索引指紋にある前科者であった場合を考慮して、ちゃんと指紋を採っておいたのでした。当時駈け出しの刑事巡査で、しかも探偵小説好きの私のことですから、指紋などにも特別の興味を持っていました。その被害者の指紋を、一つ一つ、ハンブルヒ指紋法でもって分類して見たほどです。といっても、細かい隆線の特徴をことごとく記憶しているなんてことは出来るものではありませんが、この被害者の右の拇指紋に限って、特に覚え易いわけがあったのです。それは乙種蹄状紋《おつしゅていじょうもん》――と云いますのは、ひづめ型の隆線が小指のがわから始まって、又小指の方へ戻っているあれですね。その乙種蹄状紋の、外端《がいたん》と内端《ないたん》とのあいだの線が、ちょうど七本でして、索引の値《あたい》でいえば3に当るのです。しかし、それだけでは別に覚え易くもなんともありませんけれど、その七本の隆線を斜めによぎって、ごく小さな切傷のあとがついていたのですよ。同じ乙種蹄状紋で、同じ値で同じ型の傷痕のある指が、この世に二つあろうとは考えられません。つまりこの指紋こそ、G町の空家で死んでいた男が、琴野氏ではなくて谷村さんであったという、動かしがたい確証ではありますまいか。むしろん、あとになって私は日記帳の指紋とM署に保存してあった被害者のそれとを、綿密に比較して見ましたが、二つはまったく一分一厘違っていないことが確かめられました。

私が、この驚くべき発見と推理とを、上官に対して詳細に報告したのは申すまでもありません。そして、このたった一つの指紋から、すでに確定的になっていた犯人推定が、まったく逆転し、当局者はもちろん、あの地方の新聞読者を心底から仰天《ぎょうてん》せしめたことも、又申すまでもありません。まだ若かった私は、この大手柄を、もう有頂天《うちょうてん》になって喜ばないわけにはいきませんでした。

こんなふうにお話ししますと、被害者が琴野でないことは最初からわかっていたではないか、硫酸のために顔形が見分けられないという事を、どうして疑わなかったのか。そういうトリックは、探偵小説などにはザラにあるではないかと、われわれの迂《う》潤《かつ》をお笑いなさるかも知れませんね。ですが、それは検事局にしろ、警察にしろ、最初一応は疑って見たのです。ところが、この犯罪にはそういう疑いをまったく許さないような、一度は疑っても、たちまちそれを忘れさせてしまうような、実に巧妙大胆な、もう一つの大きなトリックが、ちゃんと用意されていたのでした。といいますのは、谷村家の書斎での、あのずば抜けた人間すり替えの芸当によって、当の被害者の奥さんをまんまと罠にかけて、万右衛門さんは少なくとも殺人事件の翌朝までは生きていた、その人が被害者であるはずはないと信じさせてしまったことです。絹代さんの証言によって、あの夕方、問題の空家で谷村、琴野両氏が出会ったことは、想像に難くはないのです。そしてその一方の谷村さんが生き残っていたとしたら、前後の事情から考えて、被害者は琴野氏のほかにはないということになるではありませんか。この二人は背恰好もほとんど同じでしたし、頭はどちらも短い五分刈りにしていたのですし、着物を着替えさせて顔をつぶしてしまえば、ほとんど見分けがつきはしないのです。その上に、当の万右衛門さんはちゃんと生きていたことになっているのですから、絹代さんが現場に出向いて——犯人にはそれが一ばん恐ろしかったに違いありません——死人の身体を検分するという危険なども、起りようがないのでした。実に何から何まで、うまいぐあいに考え抜いてあったではありませんか。しかし、探偵小説の慣用句を使いますと、犯人にはたった一つ手抜かりがあったのです。つまり、折角顔をつぶしながら、その顔よりももっと有力な個人鑑別の手掛りである指紋をつぶしておかなかったことです。ある探偵小説家の口調を真似れば、この事件では、指紋というものが、琴野氏の盲点に入っていたというわけです。

それにしても、まあなんとよく考えた犯罪でしたろう。琴野氏はこの一挙にして、先祖累代の怨敵《おんてき》を思う存分残酷な──残酷であればあるほど、かえって嫌疑を免れるためには好都合だったのです──残酷な手段で亡きものにすると同時に、年来あこがれの恋人と、たとい一夜にもせよ、夫婦のように暮らし、それがまた、罪跡をくらます最も重要な手段であろうとは、なんというまい思いつきだったのでしょう。そして第三に、金庫の中の通帳を盗み出すことによって、赤貧の身がたちまち大金持になれたのではありませんか。つまり一石にして三鳥という、まるでお伽噺《とぎばなし》の魔法使いかなんぞのような手際でした。今になって考えて見ますと、犯罪の少し前、琴野氏が、日頃の恨みを忘れたように、ノメノメと谷村家へ出入りをしましたのは、ただ絹代さんの顔が見たいばかりではなかったのです。谷村さん夫婦の習慣だとか、家の間取だとか、金庫の開き方だとか、実印の所在だとか、電燈のスイッチのありかまでも、すっかり調べ上げておくためだったに違いありません。そして、その金庫の中へ纏まった会社創立資金が納められるのを待って、且《か》つは谷村さんが上京するという、ちょうどその夕方を選んで、いよいよ事を決行したのだと考えます。

琴野氏の犯行の経路などは、あなたには蛇足でしょうと思いますが、探偵小説などの手法に習って、簡単に申し添えておきますと、先ず硫酸の瓶を用意して、空家に待ち伏せ、谷村さんがはいって来ると、いきなり手足をしばり上げて、あの無残な罪を犯したのです。それから、縛った縄を一度ほどいて、すっかり着物を取り替え、再び元の縄目の上を縛りつけておいたのでしょう。そうして、谷村さんになりすました琴野氏は、硫酸の空瓶をどっかへ隠した上、通行者に見とがめられぬよう、細心の注意を払って、案内知った柴折戸から、谷村家の書斎にこもってしまったというわけなのです。それからのちの順序は、さいぜん詳しくお話したのですから、もう附け加えることはないと思います。

これで硫酸殺人事件のお話はおしまいです。どうも大変長話になってしまって恐縮でした。あなたにはご迷惑だったか知りませんが、でも、こうしてお話しさせていただいたお蔭で、当時の事をありありと思い出すことが出来ました。さっそく私の「犯罪捜査録」に書きとめておくことに致しましょう。

五

「いや、迷惑どころか、大変面白かったですよ。あなたは名探偵でいらっしゃるばかりでなく、話術家としても、どうして、大したものだと思いますよ。近来にない愉快な時間を過ごさせていただきました。ですが、お話は条理を尽してよくわかりましたが、たった一つまだ伺ってないことがあるようですね。それはその琴野という真犯人が、後《あと》になって捕まったかどうかということです」

猪股氏は私の長話を聞き終った時、異様に私を褒め称《たた》えながら、そんなことを尋ねるのであった。

「ところが、残念ながら、犯人を逮捕することは出来なかったのです。人相書きはもちろん、琴野の写真の複製を沢山作らせて、全国の主な警察署に配布したほどなんですが、人間一人隠れようと思えば隠れられるものと見えますね。その後十年近くになりますけれど、未だに犯人は挙がらないのです。琴野氏は、どこか警察の目の届かぬところで、もう死んでしまっているかも知れませんよ。たとい生きていたとしても、局に当った私自身でさえほとんど忘れているほどですから、もう捕まりっこはありますまいね」

そう答えると、猪股氏はニコニコして、私の顔をじっと見つめていたが、

「すると、犯人自身の自白はまだなかったわけですね。そこにはただあなたという優れた探偵家の推理があっただけなのですね」

と、聞き方によっては、皮肉にとれるようなことをいうのである。

　私は妙な不快を感じて黙っていた。猪股氏は何か考え事をしながら、遥か目の下の青黒い淵をボンヤリと眺めている。もう夕暮に近く、曇った空はいよいよ薄暗く、その鈍い光によって、地上の万物をじっと圧《おさ》えつけているように感じられた。前方に重なる山々は、ほとんどまっ黒に見え、崖の下を覗くと、薄ぼんやりとした靄《もや》のようなものが、立ちこめていた。見る限り一物の動くものとてもない、死のような世界であった。遠くから聞こえて来る滝の響きは、何か不吉な前兆のように、私の心臓の鼓動と調子を合わせていた。

　やがて、猪股氏は、淵を覗いていた目を上げて、何か意味ありげに私を見た。色ガラスの眼鏡が、鈍い空を写してギラッと光った。ガラスを透して二重瞼のつぶらな目が見えている。私は、その左の方だけが、さいぜんからの長いあいだ、一度も瞬《まばた》きしなかったことを気づいていた。きっと義眼に違いない。別に眼が悪くもないのに色眼鏡なんか掛けているのは、あの義眼をごまかすためなんだな。意味もなくそんなことを考えながら、私は相手の顔を見返していた。すると、猪股氏が突然妙なことを云い出したのである。

「子供の遊びのジャンケンというのをご存知でしょう。私はあれがうまいのですよ。

一つやって見ようじゃありませんか。きっとあなたを負かしてお目にかけますよ」

私はあっけに取られて、ちょっとのあいだ黙っていたが、相手が子供らしく挑んで来るものだから、少しばかり癪《しゃく》にさわって、じゃあといって、右手を前に出したのである。そこで、ジャン、ケン、ポン、ジャン、ケン、ポンと、大人のどら声が、静かな谷に響き渡ったのであるが、なるほどやって見ると、猪股氏は実に強いのだ。最初数回はどちらともいえなかったけれど、それからあとは、断然強くなって、どんなに口惜《くや》しがっても、私には勝てないのだ。私がとうとう兜《かぶと》を脱ぐと、猪股氏は笑いながら、こんなふうに説明したことである。

「どうです、かないますまい。ジャンケンだって、なかなか馬鹿には出来ませんよ。この競技には無限の奥底があるのです。その原理は数理哲学というようなものではないかと思うのですよ。先ず最初『紙』を出して負けたとしますね。一ばん単純な子供は『紙』で負けたのだから、次には、鋏《はさみ》に勝つ『石』を出すでしょう。これが最も幼稚な方法です。それより少し賢い子供は『紙』で負けたのだから敵はきっと、自分が次に『石』を出すと考え、それに勝つ『紙』を選ぶだろう。だから、その『紙』に勝つ『鋏』を出そうと考えるでしょう。先ずこれが普通の考え方なのです。ところが、もっともっと賢い子供は、更にこんなふうに考えます。最初『紙』で負けたのだから、次には自分が『石』を出すと考えて敵は『紙』を選ぶであろう。それ故、自分は『紙』に勝つ『鋏』を出そうと考えている、ということを敵は悟るに違いない。すると敵は『石』を選ぶはずだ。だから自分はそれに勝つ『紙』を出すのだとね。こんなふうにして、いつも敵より一段奥を考えて行きさえすれば、必ずジャンケンに勝てるのですよ。そしてこれは何もジャンケンに限ったことではなく、あらゆる人事の葛藤《かっとう》に応用が出来るのだと思います。相手よりも一つ奥を考えている人が、常に勝利を得ているのです。それと同じことが犯罪についても云えないでしょうか。犯人と探偵とはいつでもこのジャンケンをやっているのだと考えられないでしょうか。非常に優れた犯罪者は、検事なり警察官なりの物の考え方を綿密に研究して、もう一つ奥を実行するに違いありません。そうすれば彼は永久に捕われることはないのではありますまいか」

そこでちょっと言葉を切った猪股氏は、私の顔を見て、又ニッコリと笑ったのだ。

「エドガア・ポーの『盗まれた手紙』はむろんあなたもご存知だと思いますが、あれには私のとは少し違った意味で子供の丁《ちょう》か半《はん》かの遊びのことが書いてあります。そのあとに、丁半遊びの上手な非常に賢い子供に、秘訣《ひけつ》を尋ねると、子供がこんなふうに答える所がありますね……相手がどんなに賢いか馬鹿か、善人か悪人か、今ちょうど相手がどんなことを考えているかを知りたい時には、自分の顔の表情を出来るだけその人と同じようにします。そしてその表情と一致するようにして、自分の心に起って来る気持を、よく考えて見ればよいのですとね。デュパンは、その子供の答えはマキャベリやカンパネラなどの哲学上の思索よりも、もっと深遠なものだと説いていたように思います。ところで、あなたは硫酸殺人事件を捜査なさる時、仮想の犯人に対して、表情を一致させるというようなことをお考えになったでしょうか。恐らくそうではありますまい。現に今私とジャンケンをやっていた時にも、あなたは、そういう点にはまったく無関心のように見えましたが……」

私は相手のネチネチした長たらしい話し振《ぶ》りに、非常な嫌悪を感じはじめていた。この男はいったい何を云おうとしているのであろう。

「あなたのお話を伺っていますと、なんだか硫酸殺人事件での私の推理が間違っていた、犯人の方が一段奥を考えていたというように聞こえますが、若しやあなたは、私の推理とは違った別のお考えがお有りなさるのではありませんか」

私はつい皮肉らしく反問しないではいられなかった。すると猪股氏は、又してもニコニコ笑いながら、こんなことをいうのである。

「そうですね。もう一歩奥を考えるものに取っては、あなたの推理を覆《くつがえ》すのは、非常にたやすいことではないかと思うのです。ちょうどあなたが、たった一つの指紋から、それまでの推理を覆されたように、やっぱりたった一と言であなたの推理をも、逆転させることが出来るかと思うのです」

私はそれを聞くと、グッと癇癪《かんしゃく》がこみあげて来た。十何年というものその道で苦労して来たこの私に対して、なんという失礼な云い方であろう。

「では、あなたのお考えを承りたいものですね。たった一と言で私の推理を覆して見せていただきたいものですね」

「ええ、お望みとあれば。……これはほんのちょっとしたつまらない事なんです。あなたはこういうことが確信出来ますか、例の日記帳と煙草入れに残っていた問題の指紋ですね、その指紋にまったく作為《さくい》がなかったと確信出来るのですか」

「作為とおっしゃるのは？」

「つまりですね、当然谷村氏の指紋が残っているべき物品に、谷村氏のではなくて別の人の指紋が、故意に捺されていた、ということは想像出来ないものでしょうか」

私は黙っていた。相手の意味するところが、まだ判然とはわからなかったけれども、その言葉の中に、何かしら私をギョッとさせるようなものがあったのだ。

「おわかりになりませんか。谷村氏がですね、或る計画を立てて、谷村氏の身辺の品物に——日記帳とか煙草入れとかですね、あなたはその二た品しか注意されなかったようですが、もっと探して見たら、ほかの品物にも同じ指紋が用意されていたかも知れませんぜ——その品々に、さも谷村氏自身のものであるかの如く、まったく別人の指紋を捺させておくということは、若しその相手がしょっちゅう谷村家へ出入りしている人物であったら、さして困難な仕事でもないではありませんか」

「それは出来るかも知れませんが、その別人というのは、いったい誰のことをおっしゃっているのですか」

「琴野宗一ですよ」猪股氏は少しも言葉の調子を変えないでいった、「琴野は一時しげしげと谷村家へ出入りしたというではありませんか。谷村氏は相手に疑いを抱かせないで、琴野の指紋を方々へ捺させることなど、少しもむずかしくはなかったのです。それと同時に、谷村氏自身の指紋が残っていそうな滑らかな品物は、一つ残らず探し出して注意深く拭きとっておいたことは申すまでもありません」

「あれが琴野の指紋……そういうことが成り立つものでしょうか」

私は異様な昏迷《こんめい》に陥って、今から考えると恥かしい愚問を発したものである。

「成り立ちますとも……あなたは錯覚に陥っているのです。空家で殺されていたのが谷村氏であるという信仰が邪魔をしているのです。若しあれが谷村氏でなくて、最初の推定通り琴野であったとすれば、その死体から採った指紋はいうまでもなく琴野自身のものです。そうすれば、日記帳の指紋に作為があって、それも同じ琴野のものだったとしても、少しも不合理はないではありませんか」

「では犯人は？」

私はつい引き込まれて、愚問を繰り返すほかはなかった。

「むろん、日記などに琴野の指紋を捺させた人物、即《すなわ》ち谷村万右衛門です」

猪股氏は、何かそれが動かしがたい事実でもあるかの如く、彼自身犯行を目撃していたかの如く、人もなげに断言するのであった。

「谷村氏が金の必要に迫られていたことは、あなたにもおわかりでしょう。駱饅頭はもう破産のほかはない運命だったのです。何十万という負債は不動産を処分したくらいでおッつくものではない。そういう不面目を忍ぶよりは、五万円の現金を持って逃亡した方がどれほど幸福か知れません。しかしそれだけの理由ではどうも薄弱なようです。谷村氏は偶然琴野を殺したのではなく、前々から計画を立てて時機を待っていたのですからね。金銭のほかの動機といえば――細君をあんなひどい目に遭わせて平気でいられる動機といえば――さしずめ女のほかにはありません。そうです、谷村氏は恋をしていたのです。しかも他人の妻と不倫の恋をしていたのです。いずれは手に手を取って、世間の眼を逃れなければならぬ運命でした。第三の動機は、むろん琴野その人に対する怨恨です。恋と、金と、恨みと、谷村氏の場合もまた、あなたの謂われる一石三鳥の名案だったのですよ。

「当時谷村氏の知合いに、あなたという探偵小説好きな、実際家というよりは、どちらかといえば、むしろ空想的な肌合いの刑事探偵がありました。若しあなたがいなかったら、彼はああいう廻りくどい計画は立てなかったことでしょう。つまり、あなたというものが、谷村の唯一の目標だったのです。さっきの丁半遊びの子供のように、あなたと同じ表情をして、又ジャンケンの場合のように、あなたの一段奥を考えて、谷村氏はすべての計画を立てました。そして、それがまったく思う壺《つぼ》にはまったのです。ずば抜けた犯罪者には、その相手役として、優れた探偵が必要なのです。そういう探偵がいてこそ、初めて彼のトリックが役立ち、彼は安全であることが出来るのです。

「谷村氏にとって、この異様な計画には、常人の思いも及ばない魅力がありました。あなたもご承知の通り、いや、あなたがお考えになっているよりも遥かに多分に、彼はサド侯爵の子孫でした。もう飽きて来ている細君ではありましたが、あの最後の大芝居は実にすばらしかったのです。谷村氏自身が、谷村氏に変装した琴野であるかの如く装って、物もいわず顔も見せないように細心の注意を払いながら、ある瞬間はもう琴野その人になりきってしまって、或いは笑い、或いは泣き、われとわが女房に世にも不思議な不義の契りを結んだのでした。

「あなたは、この谷村氏のサド的傾向に、もう一つの意味があったことをお気づきでしょうか。というのは、あの残虐この上もない殺人方法です。あの方法こそ、彼のサド的な独創力を示すものではありますまいか。あなたはさいぜん、はぜた石榴というまい形容をなさいましたね。そうです。谷村氏はそのはぜた石榴になんともいえない恐ろしい誘惑を感じたのでした。そして、それが彼の着想の謂わば出発点だったのです。一人の人間を殺して、その顔を見分けられぬほどめちゃくちゃに傷つけておくということは、何を意味するでしょうか。少し敏感な警察官なれば、そこに被害者の欺瞞《ぎまん》が行われているに違いないと悟るでありましょう。その被害者が若し琴野の着物を着ていたならば、それは犯人が琴野の死骸に見せかけようとしたのであって、実は琴野以外の人物に相違ないと信ずるでありましょう。ところがそう信じさせる事が、谷村氏の思う壺だったのです。被害者は最初の見せかけ通り、やっぱり琴野でしかなかったのですからね。

「そういうわけですから、あの硫酸の瓶も、琴野の方で持って来たのではなく、谷村氏が前もって買い入れておいて空家に携《たずさ》えて行ったのです。そして、仕事をすませた帰り途、道端のどぶ川の中へ投げ込んでしまったのです。それからがあのお芝居でした。谷村氏が、谷村氏に化けた琴野になりすまして、谷村氏自身の書斎へ、まるで他人の部屋へ忍び込むようにしてビクビクしながらはいって行ったのです」

私は猪股氏のまるで見ていたような断定に、あきれ果ててしまった。いったいこの男は誰なのだ。なんの目的で、こんな途方もないことを云い出したのであろう。単なる論理の遊戯にしては、余りに詳細をきわめ、余りに独断に過ぎるではないか。私が黙り込んでいるものだから、猪股氏は又別のことを喋り始めた。

「さア、もう余程以前のことですが、当時私の家へよく遊びに来た大変探偵小説好きの男があったのです。私はいつもその人と犯罪談を戦わせたものですが、ある時、殺人犯人の最も巧妙なトリックは何であろうということが話題になって、結局私たちの意見は、被害者が即ち犯人であったというトリックが一ばん面白いときまったのでした。しかし、この被害者即ち加害者のトリックは、観念としては実に奇抜なのだけれど、具体的に考えて見ると、犯人が不治の病なんかにかかっていて、どうせない命だからというので、他殺の如く見せかけて自殺をし、その殺人の嫌疑を他の人物にかけておく場合か、又は、被害者が数人ある殺人事件でその被害者の中に犯人がまじっていて、犯人だけは生命に別状のない重傷を受け――つまり自ら傷つけて――嫌疑を免れるという場合などが主なもので、ぞんがい平凡ではないか、という意見が出たのです。私は、いや、そうではない、それは犯人の智恵がまだ足りないので、優れた犯罪者なれば被害者即ち加害者のトリックだって、もっと気の利いたものを案出するに違いないと主張したものでした。すると、その私の友だちは、われわれが今こうして考えて見ても、思い浮かばないのだから、そういうトリックがありそうに思われぬというのです。いや、そうではない、きっとあるに違いない。いや、あるはずがないと、まあ大変な論争になったのですが、その折の私の主張がここで立証されたわけではないでしょうか。つまりですね、硫酸殺人事件では、指紋の作為と、あの夕方から朝までの思い切った変身のトリックによって、被害者は谷村氏に違いないと、この長の年月確信されていたのですが、今申した私の推理が正しいとしますと――そして、それは正しいにきまっているのですが――真犯人は意外にも被害者と推定された谷村氏その人ではなかったですか。被害者が即ち犯人だったではありませんか。

「いくらうまいトリックを用いたからといって、いったい一人の男が他人の細君の夫に化けて、その細君と一夜を過ごすなんて放《はな》れ業《わざ》が現実に行われ得るものでしょうか。小説的には実に此《こ》の上もなく面白い着想ですし、そしてあなたなどは、この着想にたちまち誘惑をお感じなすったに違いないと思うのですけれど……」

この話を聞いているうちに、私の心に、何か非常に遠い、かすかな記憶がよみがえって来る感じがした。どうも私にもそれと同じ経験があるように思われるのだ。だが猪股氏はまったく初対面の人である。その時の私の話し相手がこの猪股氏でなかったことは確かだ。では、あれはいったい誰だったのかしら。私はお化けを見ているような気がした。何かモヤモヤした大きなものが、眼の前に立ちふさがっている。そいつは、ゾッとするほど恐ろしいやつに違いないのだが、しかし、もどかしいことには、どうしてもはっきりした正体が摑めないのだ。

その時、猪股氏は又しても、実に突飛なことを始めたのである。彼は言葉を切って、しばらく私の顔を眺めていたが、何かチラと妙な表情をしたかと思うと、いきなり両手を口の辺に持って行って、ガクガクと二枚の総入歯を引き出してしまった。すると、そのあとに、八十歳のお婆《ばあ》さんの口が残った。つまり、入歯という支柱がなくなったものだから、鼻から下が極度に縮小されて、顔全体が圧しつぶした提燈のようにペチャンコになってしまったのである。

冒頭にも記した通り、猪股氏は禿頭《とくとう》ではあったけれど、それが大変知識的に見えたのだし、その上、高い鼻と、哲学者めいた三角型の顎鬚《ひげ》が風情を添えて、なかなかの好男子であったのだが、そうしてお座のさめた総入歯をはずすと、いったい人間の相《そう》好《ごう》がこんなにまで変るものかと思われるほど、みじめな顔になってしまった。それは歯というものを持たない八十歳のお婆さんの顔でもあれば、又同時に、生れたばかりの赤ん坊のあの皺《しわ》くちゃな顔でもあった。

猪股氏はその平べったい顔のまま、色眼鏡をはずし、両眼をつむって、力ない唇をペチャペチャさせながら、非常に不明瞭な言葉で、こんなことを云うのであった。

「一つ、よく私の顔を見て下さい。先ずこの私の眼を二重瞼ではないと想像してごらんなさい。眉毛をグッと濃くしてごらんなさい。又、この鼻をもう少し低くして考えてごらんなさい。それから鬚をなくしてしまって、その代りに、頭に五分刈りの濃い髪の毛を植えつけてごらんなさい……どうです、わかりませんか。あなたの記憶の中に、そういう顔が残ってはいませんかしら」

彼は、さア見て下さいという恰好で、顔を突き出し、目を閉じてじっとしていた。

私はいわれるままに、しばらくその架空の相貌を頭の中に描いていたが、すると、写真のピントを合わせるように、そこに実に意外な人物の顔が、ボーッと浮き上がって来た。ああ、そうだったのか、それなればこそ、猪股氏はあんな独断的な物の云い方をすることが出来たのか。

「わかりました。わかりました。あなたは谷村万右衛門さんですね」

私はつい叫び声を立てないではいられなかった。

「そう、僕はその谷村だよ。君にも似合わない、少しわかりが遅かったようだね」

猪股氏、いや谷村万右衛門さんは、そういって、低い声でフフフフと笑ったのである。

「ですが、どうしてそんなにお顔が変ったのです。僕にはまだ信じきれないほどですが……」

谷村さんは、それに答えるために、又入歯をはめて、明瞭な口調になって話し出した。

「僕は確か、あの時分、変装についても、君と議論をしたことがあったと思うが、その持論を実行したまでなのだよ。僕は銀行から五万円を引出すと、ちょっとした変装をして、さっきも云ったある人の妻と、すぐ上海《シャンハイ》へ高飛びしたのだ。君の話にもあった通り、あれが琴野の死骸だということは、丸二日のあいだわからないでいたのだから、僕はほとんど危険を感じることはなかった。僕というものが一応疑われ出した時分には、二人はもう朝鮮にはいって、長い退屈な汽車の中にいたのだよ。僕は海の旅を恐れたのだ。汽船というやつは犯罪者にはなんだか檻《おり》のような気がして、苦手なものだね。

「僕たちは上海の或るシナ人の部屋を借りて、一年ほど過ごした。僕の感情については、立ち入ってお話しする気はないけれど、ともかく非常に楽しい一年であったことは間違いない。絹代は普通の意味で美しい女ではあったけれど、僕とは性分が合わないのだ。僕は明子《あきこ》みたいな——それが僕と一緒に逃げた女の名だがね——明子みたいな陰性の妖婦が好みだよ。僕はあれに心底《しんそこ》から恋していた。今でもその気持はちっとも変らない。出来ることなら変ってほしいと思うのだけれど、どうしても駄目だ。

「その上海にいるあいだに、万一の場合を考えて、大がかりな変装を試みたのだ。顔料を使ったり、つけ髯《ひげ》や鬘《かつら》を用いる変装は、僕にいわせればほんとうの変装じゃない。僕は谷村という男をこの世から抹殺してしまって、まったく別の新しい人間をこしらえ上げようと、執念深く、徹底的にやったのだ。上海にはなかなかいい病院がある。大抵は外人が経営しているんだが、僕はそのうちからなるべく都合のいい歯科医と、眼科医と、整形外科の医者を、別々に選んで、根気よく通ったものだ。先ず人一倍濃い頭の毛をなくする事を考えた。毛を生やすのはむずかしいけれど、抜くのは訳はないのだよ。脱毛剤でさえなかなかよく利くのもあるくらいだからね。ついでに眉毛をグッと薄くしてもらった。次に鼻だ、君も知っているように、いったい僕の鼻は、低い上に余り恰好がよくなかった。それを象牙《ぞうげ》手術でもってこんなギリシャ鼻に作り上げてしまったのだよ。それから、顔の輪郭を変えることを考えた。なあに別にむずかしいわけではない、ただ総入歯を作ればいいのだ。僕はいったい受け口で歯並が内側の方へ引っ込んでいた。それにむし歯が非常に多かった。そこで、さっぱりと全部の歯を抜いてしまって、瘦せた歯ぐきの上から、前とは正反対に厚い肉の反歯《そっぱ》の総入歯をかぶせたのだ。そうすると、君が今見ているように、相好がまるで変ってしまう。この入歯を取った時に、初めて君は僕の正体を認めたくらいだからね。それから鬚を蓄えたのは、ご覧の通りだが、残っているのは眼だ。眼というやつが変装にとっては一ばん厄介《やっかい》な代物だよ。僕は先ず一重の瞼を二重瞼にする手術を受けた。これはごく簡単に済んだけれど、どうもまだ安心は出来ない。絶えず眼病を装って黒い眼鏡をかけて隠していようかとも思ったが、それもなんだか面白くない。うまい方法はないかしらんといろいろ考えた末、僕は一方の目の玉を犠牲にすることを思いついた。つまり義眼にするのだ。そうすれば色眼鏡をかけるのに、義眼を隠すためという口実がつくし、目そのものの感じもまるで変ってしまうに違いないからね……というわけだよ。つまり僕の顔は何から何まで人工の作りものなんだ。そして谷村万右衛門の生命は僕の顔からまったく消え失せてしまったのだ。しかしこの顔はこの顔で又見捨てがたい美しさを持っていると思わないかね。明子なんかは、よくそんなことをいって僕をからかったものだが……」

谷村さんはこの驚くべき事実を、なんでもないことのように説明しながら、右手を左の眼の前に持って行くと、いきなり、その目の玉を、お椀《わん》をふせたようなガラス製の目の玉を、刳《えぐ》り出して見せたのである。そして、それを指先でもてあそびつつ、ポッカリと薄黒く窪んだ眼窩《がんか》を、私の方へまともに向けて言葉を続けた。

「そうして谷村という人間をすっかり変形してしまってから、僕たちは相携えて日本へ帰って来た。上海もいい都だけれど、日本人にはやっぱり故郷が忘れられないのでね。そして方々《ほうぼう》の温泉などを廻り歩きながら、まったく別世界の人間のように暮らして来たものだ。僕たちはね、十年に近い月日のあいだ世界にたった二人ぼっちだったのだよ」

片眼の谷村さんは、何か悲しそうにして、深い谷を見おろしていた。

「しかし不思議ですね、僕はそんなこととは夢にも知らず、今日に限って硫酸殺人事件のお話をするなんて……虫が知らせたというのでしょうか」

私はふとそこへ気がついた。偶然とすれば、怖いような偶然であった。

「ハハハハハ」すると谷村さんは低く笑って、「君は気がついていないのだね。偶然ではないのだよ。僕があの話をさせるようにしむけたのさ。ほらこの本だよ。今日ここへ来る道で、君とこの本の話をしたっけね。あれはつまり、僕が君に硫酸殺人事件を話させる手段だったのだよ。君はさっき、このベントリーの『トレント最後の事件』の筋を忘れてしまったといったが、実は忘れきったのではなくて、君の意識の下に、ちゃんとその記憶が保存されていたのだよ。『トレント最後の事件』には、犯人が自分が殺した人物に化けすまして、その人の書斎にはいって、被害者の奥さんを欺瞞するという公式のトリックが使用されている。それと君が解決したと思い込んでいた硫酸殺人事件とはまったく同じ公式によるものではないか。だから、この本の表題を見ると、君は無意識の連想からあの話がしたくなったというわけなのだよ。この本に見覚えはないかね、ほら、ここだ。ここに赤鉛筆で感想が書き入れてあるね。この字に見覚えはないかね」

私は本の上に顔を持って行って、その赤い書き入れを見た。そして、たちまち、その意味を悟ることが出来た。私はすっかり忘れていたのだ。実に古い古いことであった。その頃まだ薄給の刑事だった私は、好きな探偵小説も思うように買うことが出来なかったので、谷村万右衛門さんのところへ行っては新着の探偵本を借りたものだが、このベントリーの著書は、その中の一冊だった。私はそれを読んだあとで、欄外に感想を書き入れたことを思い出す。赤鉛筆の字というのは、私自身の筆蹟であったのだ。

谷村さんは、それっきり話が尽きたように黙りこんでしまった。私も黙っていた。黙ったまま或る解きがたい謎について思い耽っていた。……谷村さんと私との、この計画的な再会には、いったい全体どういう意味があったのだろう。谷村さんは折角あれほど苦心して刑罰をのがれておきながら、今になって警察官である私に、それをすっかり懺悔《ざんげ》してしまうなんて、その裏にはどんな底意が隠されているのだろう。ああ、ひょっとしたら、谷村さんは飛んでもない思い違いをしているのではないかしら。この犯罪はまだ時効は完成していないのだ。それを年月の誤算から、時効にかかったものと信じきっているのではあるまいか。そして、私が威丈高《いたけだか》になって逮捕しようとするのを、又しても嘲笑《ちょうしょう》する下心ではあるまいか。

「谷村さん、あなたはどうしてそんなことを、僕にうち明けなすったのです。若しやあなたは時効のことをお考えになっているのではありませんか」

私が急所を突いたつもりで、それをいうと、谷村さんは別に表情を変えもせず、ゆっくりした口調で答えた。

「いや、僕はそんな卑怯なことなんか願ってやしない。時効の年限なんかもハッキリ知らないくらいだよ……なぜ君にこんな話をしたかというのかね。それは僕の体内に流れている、サド侯爵の血がさせた業《わざ》だろうよ。僕は完全に君に勝ったのだ。君はまんまと僕の罠にかかったのだ。それでいて、君がそのことを知らない、うまい推理をやったつもりで得意になっている。それが僕には心残りだったのだよ。君にだけは『どうだ参ったか』と一と言云い聞かせておきたかったのだよ」

ああ、そのために谷村さんはこうした底意地のわるい方法を採ったのだな。しかし、その結果は、どういう事になるのだ。果して私は負けっきりに負けてしまわねばならないのだろうか。

「確かに僕の負けでした。その点は一言《いちごん》もありません。ですが、そういう事を伺った以上は、私は警察官としてあなたを逮捕しないわけにはいきませんよ。あなたは私を打ち負かして痛快に思っていらっしゃることでしょうが、しかし一方からいえば、あなたは僕に大手柄をさせて下すったのです。つまり僕はこうして、前代未聞の殺人鬼を捕縛するわけですからね」

云いながら、私はいきなり相手の手首をつかんだものである。すると谷村氏は、非常に強い力で私の手を振り離しながら、

「いや、それは駄目だよ。僕たちは昔よく力比べをやったじゃあないか。そして、いつも僕の方が勝っていたじゃあないか。一人と一人では君なんかに負けやしないよ。

君はいったい、僕がなぜこういう淋しい場所を選んだかということを気づいていないのかね。僕はちゃんとそこまで用意がしてあったのだよ。若し君が強いて捕えようとすれば、この谷底へつき落してしまうばかりだ。ハハハハハ、だが安心したまえ、僕は逃げやしない。逃げないどころか、君の手をわずらわすまでもなく自分で処決してお目にかけるよ。――実はね、僕はもうこの世に望みを失ってしまったのだ。生きていることにはなんの未練もありはしないのだよ。というわけはね、僕のたった一つの生き甲斐であった明子が、一と月ばかり前に、急性の肺炎で死んでしまったのだ。その臨終の床《とこ》で、僕もやがて彼女のあとを追って、地獄へ行くことを約束したのだよ。ただ一つの心残りは、君に会って事件の真相をお話しすることだった。そして、それも今果《はた》してしまった。……じゃこれでお別れだ……」

その、オ、ワ、カ、レ、ダ…………という声が、矢のように谷底に向かって落下して行った。谷村氏は私の不意を突いて、遥か目の下の青黒い淵へ飛び込んだのであった。

私は息苦しく躍《おど》る心臓を押えて、断崖の下を覗き込んだ。たちまち小さくなって行く白いものが、トボンと水面を乱したかと思うと、静まり返った淵の表面に、大きな波の輪が、幾つも幾つもひろがって行った。そして、一瞬間、私の物狂おしい眼は、その波の輪の中に、非常に巨大な、まっ赤にはぜ割れた一つの石榴の実を見たのであった。
やがて、淵は又元の静寂に帰った。山も谷ももう夕靄に包まれはじめていた。目路《めじ》の限り動くものとて何もなかった。あの遠くの滝の音は、千年万年変りないリズムをもって、私の心臓と調子を合わせ続けていた。
私はもうその岩の上を立ち去ろうとして、浴衣の砂を払った。そして、ふと足元に目をやると、そこの白く乾いた岩の上に、谷村さんのかたみの品が残されていた。青黒い表紙の探偵小説、探偵小説の上にチョコンと乗っかっているガラスの眼玉、その白っぽいガラスの眼玉が、どんよりと曇った空を見つめて、何かしら不思議な物語を囁《ささや》いているかの如《ごと》くであった。

（「中央公論」昭和九年九月号）

注1　Trent's Last Case
　ベントリー「トレント最後の事件」。一九一三年に発表された探偵小説の名作。
注2　五万円
　現在の四、五千万円ほど。

芋虫

時子《ときこ》は、母屋《おもや》にいとまを告げて、もう薄暗くなった、雑草のしげるにまかせ、荒れ果てた広い庭を、彼女たち夫婦の住家である離れ座敷の方へ歩きながら、いましがたも、母屋の主人の予備少将から云われた、いつものきまりきった褒《ほ》め言葉を、まことに変てこな気持で、彼女の一ばん嫌いな茄子《なす》の鴫焼《しぎやき》を、ぐにゃりと嚙《か》んだあとの味で、思い出していた。

「須永中尉《すながちゅうい》(予備少将は、今でも、あの人間だかなんだかわからないような廃兵を、滑稽《こっけい》にも、昔のいかめしい肩書で呼ぶのである)須永中尉の忠烈《ちゅうれつ》は、云うまでもなくわが陸軍の誇りじゃが、それはもう、世に知れ渡っておることだ。だが、お前さんの貞節《ていせつ》は、あの廃人を三年の年月少しだって厭《いや》な顔を見せるではなく、自分の慾をすっかり捨ててしまって、親切に世話をしている。女房として当り前のことだと云ってしまえば、それまでじゃが、出来ないことだ。わしは、まったく感心していますよ。今の世の美談だと思っていますよ。だが、まだまだ先の長い話じゃ。どうか気を変えないで面倒を見て上げて下さいよ」

鷲尾《わしお》老少将は、顔を合わせる度毎《たびごと》に、それをちょっとでも云わないでは気が済まぬというように、きまりきって、彼の昔の部下であった、そして今では彼の厄介者《やっかいもの》であるところの、須永廃中尉とその妻を褒めちぎるのであった。時子は、それを聞くのが、今云った茄子の鴫焼の味だものだから、なるべく主人の老少将に会わぬよう、留守をうかがっては、それでも終日物も云わぬ不具者と差向いでばかりいることも出来ぬので、奥さんや娘さんの所へ、話し込みに行き行きするのであった。

もっとも、この褒め言葉も、最初のあいだは、彼女の犠牲的精神、彼女の稀《まれ》なる貞節にふさわしく、云うに云われぬ誇らしい快感をもって、時子の心臓をくすぐったのであるが、此《こ》の頃では、それを以前のように素直には受け容れかねた。というよりは、この褒め言葉が恐ろしくさえなっていた。それを云われる度に、彼女は「お前は貞節の美名に隠れて、世にも恐ろしい罪悪を犯しているのだ」と真向《まっこう》から、人差指を突きつけて、責められてでもいるように、ゾッと恐ろしくなるのであった。

考えて見ると、我れながらこうも人間の気持が変るものかと思うほど、ひどい変りかたであった。初めのほどは、世間知らずで、内気者で、文字どおり貞節な妻でしかなかった彼女が、今では、外見はともあれ、心のうちには、身の毛もよだつ情慾の鬼が巣を食って、哀れな片輪者（片輪者という言葉では不充分なほどの無残な片輪者であった）の亭主を、――かつては忠勇なる国家の干城《かんじょう》であった人物を、何か彼女の情慾を満たすだけのために、飼ってあるけだものでであるように、或いは一種の道具ででもあるように、思いなすほどに変り果てているのだ。

このみだらがましき鬼めは、全体どこから来たものであろう。あの黄色い肉の塊《かたまり》の、不可思議な魅力がさせる業《わざ》か（事実彼女の夫の須永中尉は、一《ひ》とかたまりの黄色い肉塊でしかなかった。そして、それは畸形な独楽《こま》のように、彼女の情慾をそそるものでしかなかった）それとも、三十歳の彼女の肉体に満ちあふれた、えたいの知れぬ力のさせる業であったか。恐らくその両方であったのかも知れないのだが。

鷲尾老人から何か云われるたびに、時子はこの頃めっきり脂《あぶら》ぎって来た彼女の肉体なり、他人にも恐らく感じられるであろう彼女の体臭なりを、はなはだうしろめたく思わないではいられなかった。

「私はまあ、どうしてこうも、まるで馬鹿かなんぞのようにでぶでぶと肥え太るのだろう」その癖《くせ》、顔色なんかいやに青ざめているのだけれど。老少将は、彼の例の褒め言葉を並べながら、いつもややいぶかしげに彼女のでぶでぶと脂ぎった身体《からだ》つきを眺めるのを常としたが、若《も》しかすると、時子が老少将をいとう最大の原因は、この点にあったのかも知れないのである。

片田舎のことで、母屋と離れ座敷のあいだは、ほとんど半丁も隔《へだ》っていた。そのあいだは、道もないひどい草原で、ともすればがさがさと音を立てて青大将が這い出して来たり、少し足を踏み違えると、草に覆われた古井戸が危なかったりした。広い邸《やしき》のまわりには、形ばかりの不揃いな生垣《いけがき》がめぐらしてあって、その外は田や畑が打ち続き、遠くの八幡《はちまん》神社の森を背にして、彼女らの住家である二階建ての離れ家が、そこに、黒く、ぽつんと立っていた。

空には一つ二つ星がまたたき始めていた。もう部屋の中は、まっ暗になっていることであろう。彼女がつけてやらねば、彼女の夫にはランプをつける力もないのだから、かの肉塊は、闇の中で、坐椅子《ざいす》にもたれて、或《ある》いは椅子からずっこけて、畳の上に転がりながら、目ばかりぱちぱち瞬《またた》いていることであろう。可哀《かわい》そうに、それを考えると、いまわしさ、みじめさ、悲しさが、しかしどこかに幾分センシュアルな感情をまじえて、ゾッと彼女の背筋を襲うのであった。

近づくにしたがって、二階の窓の障子《しょうじ》が、何かを象徴しているふうで、ぽっかりとまっ黒な口をあいているのが見え、そこから、とんとんとんと、例の畳を叩《たた》く鈍い音が聞こえて来た。「ああ、又やっている」と思うと、彼女はまぶたが熱くなるほど、可哀そうな気がした。それは不自由な彼女の夫が、仰向《あおむ》きに寝転がって、普通の人間が手を叩いて人を呼ぶ仕草《しぐさ》の代りに、頭でとんとんとんと畳を叩いて、彼の唯一《ゆいいつ》の伴《はん》侶《りょ》である時子を、せっかちに呼び立てていたのである。

「今行きますよ。おなかがすいたでしょう」

時子は、相手に聞こえぬことはわかっていても、いつもの癖で、そんなことを言いながら、あわてて台所口に駆け込み、すぐそこの梯子段《はしごだん》を上って行った。

六畳一と間の二階に、形ばかりの床の間がついていて、そこの隅に台ランプとマッチが置いてある。彼女はちょうど母親が乳呑児《ちのみご》に云う調子で、絶えず「待ち遠だったでしょうね。すまなかったわね」だとか「今よ、今よ、そんなに云ってもまっ暗でどうすることも出来やしないわ。今ランプをつけますからね。もう少しよ、もう少しよ」だとか、いろいろな独《ひと》り言を云いながら（と云うのは、彼女の夫は少しも耳が聞こえなかったので）ランプをともして、それを部屋の一方の机のそばへ運ぶのであった。

その机の前には、メリンス友禅《ゆうぜん》の蒲団《ふとん》をくくりつけた、新案特許なんとか式坐椅子というものが置いてあったが、その上は空っぽで、そこからずっと離れた畳の上に、一種異様の物体が転がっていた。その物は、古びた大島銘仙《おおしまめいせん》の着物を着ているには相違ないのだが、それは、着ているというよりも包まれていると云った方が、或いはそこに大島銘仙の大きな風呂敷包《ふろしきづつ》みがほうり出してあると云った方が、当っているようなまことに変てこな感じのものであった。そして、その風呂敷包みの隅から、にゅッと人間の首が突き出ていて、それが、米搗《こめつき》ばったみたいに、或いは奇妙な自動器械のように、とんとん、とんとん畳を叩いているのだ。叩くにしたがって、大きな風呂敷包みが、反動で、少しずつ位置を変えているのだ。

「そんなに癇癪《かんしゃく》起すもんじゃないわ、なんですのよ。これ？」

時子は、そう云って、手でご飯をたべる真似をして見せた。

「そうでもないの。じゃ、これ？」

彼女はもう一つのある恰好《かっこう》をして見せた。しかし、口の利けない彼女の夫は、一々《いちいち》首を横に振って、又しても、やけにとんとんとんと畳に頭をぶッつけている。砲弾の破片のために、顔全体が見る影もなくそこなわれていた。左の耳たぶはまるでとれてしまって、小さな黒い穴が、わずかにその痕跡を残しているに過ぎず、同じく左の口辺から頰の上を斜めに目の下のところまで、縫い合わせたような、大きなひッつりが出来ている。右のこめかみから頭部にかけて、醜い傷痕《きずあと》が這い上がっている。喉のところがぐいと抉《えぐ》ったように窪《くぼ》んで、鼻も口も元の形を留めてはいない。そのまるでお化みたいな顔面のうちで、わずかに完全なのは、周囲の醜さに引きかえて、こればかりは無心の子供のそれのように、涼《すず》しくつぶらな両眼であったが、それが今、ぱちぱちといらだたしく瞬いているのであった。

「じゃ、話があるのね。待ってらっしゃいね」

彼女は机の抽斗《ひきだし》から雑記帳と鉛筆を取り出し、鉛筆を片輪者のゆがんだ口にくわえさせ、その側へ開いた雑記帳を持って行った。彼女の夫は口を利くことも出来なければ、筆を持つ手足もなかったからである。

「オレガイヤニナッタカ」

廃人は、ちょうど大道の因果者がするように、女房の差し出す雑記帳の上に、口で文字を書いた。長いあいだかかって、非常に判りにくい片仮名《かたかな》を並べた。

「ホホホホホ、又やいているのね。そうじゃない。そうじゃない」

彼女は笑いながら強く首を振って見せた。

だが廃人は、またせっかちに頭を畳にぶっつけ始めたので、時子は彼の意を察して、もう一度雑記帳を相手の口の所へ持って行った。すると、鉛筆がおぼつかなく動いて、

「ドコニイタ」

と記された。それを見るや否や、時子は邪慳《じゃけん》に廃人の口から鉛筆を引ったくって、帳面の余白へ「鷲尾サンノトコロ」と書いて、相手の目の先へ、押しつけるようにした。

「わかっているじゃないの。ほかに行くところがあるもんですか」

廃人は更に雑記帳を要求して、

「三ジカン」

と書いた。

「三時間も独りぽっちで待っていたと云うの。わるかったわね」彼女はそこで済まぬような表情になってお辞儀をして見せ、「もう行かない。もう行かない」と云いながら手を振って見せた。

風呂敷包みのような須永廃中尉は、むろんまだ云い足りぬ様子であったが、口書《くちがき》の芸当が面倒くさくなったと見えて、ぐったりと頭を動かさなくなった、その代りに、大きな両眼に、あらゆる意味をこめて、まじまじと時子の顔を見つめているのだ。

時子は、こういう場合夫の機嫌をなおす唯一の方法をわきまえていた。言葉が通じないのだから、細かい云い訳をすることは出来なかったし、言葉のほかではもっとも雄弁に心中を語っているはずの、微妙な目の色などは、いくらか頭の鈍くなった夫には通用しなかった。そこで、いつもこうした奇妙な痴話喧嘩《ちわげんか》の末には、お互いにもどかしくなってしまって、もっとも手っ取り早い和解の手段を採ることになっていた。

彼女はいきなり夫の上にかがみ込んで、ゆがんだ口の、ぬめぬめと光沢のある大きなひッつりの上に、接吻《せっぷん》の雨をそそぐのであった。すると、廃人の目にやっと安堵《あんど》の色が現われ、ゆがんだ口辺に、泣いているかと思われる醜い笑いが浮かんだ。時子は、いつもの癖で、それを見ても、彼女の物狂わしい接吻をやめなかった。それは、一つには相手の醜さを忘れて、彼女自身を無理から甘い昂奮《こうふん》に誘うためでもあったけれど、又一つには、このまったく起居《たちい》の自由を失った哀れな片輪者を、勝手気ままにいじめつけてやりたいという、不思議な気持も手伝っていた。

だが、廃人の方では、彼女の過分の好意に面くらって、息もつけぬ苦しさに、身をもだえ、醜い顔を不思議にゆがめて、苦悶《くもん》している。それを見ると、時子は、いつもの通り、ある感情がうずうずと、身内に湧き起って来るのを感じるのだった。

彼女は、狂気のようになって、廃人にいどみかかって行き、大島銘仙の風呂敷包みを、引きちぎるように剝《は》ぎとってしまった。すると、その中から、何ともえたいの知れぬ肉塊がころがり出して来た。

このような姿になって、どうして命をとり止めることが出来たかと、当時医界を騒がせ、新聞が未曾有《みぞう》の奇談として書き立てたとおり、須永廃中尉の身体は、まるで手足のもげた人形みたいに、これ以上毀《こわ》れようがないほど、無残に、不気味に傷つけられていた。両手両足は、ほとんど根元から切断され、わずかにふくれ上がった肉塊となって、その痕跡を留めているに過ぎないし、その胴体ばかりの化物のような全身にも、顔面を始めとして大小無数の傷痕が光っているのだ。

まことに無残なことであったが、彼の身体は、そんなになっても、不思議と栄養がよく、片輪なりに健康を保っていた。（鷲尾老少将は、それを時子の親身の介抱《かいほう》の功に帰《き》して、例の褒め言葉のうちにも、その事を加えるのを忘れなかった）ほかに、楽しみとてはなく、食慾の烈《はげ》しいせいか、腹部が艶々とはち切れそうにふくれ上がって、胴体ばかりの全身のうちでも殊《こと》にその部分が目立っていた。

それはまるで、大きな黄色の芋虫《いもむし》であった。或いは時子がいつもの心の中で形容していたように、いとも奇《く》しき、畸形な肉独楽《にくごま》であった。それはある場合には、手足の名残の四つの肉のかたまりを（それらの尖端には、ちょうど手提袋《てさげぶくろ》の口のように、四方から表皮が引き締められて、深い皺《しわ》を作り、その中心にぽッつりと、不気味な小さい窪みが出来ているのだが）その肉の突起物を、まるで芋虫の足のように、異様に震わせて、臀部《でんぶ》を中心にして頭と肩とで、ほんとうに独楽と同じに、畳の上をくるくると廻るのであったから。

今、時子のために裸体にむかれた廃人は、それには別段抵抗するではなく、何事かを予期しているもののように、じっと上目使いに、彼の頭のところにうずくまっている時子の、餌物《えもの》を狙《ねら》うけだもののような、異様に細められた眼と、やや堅くなった、きめのこまかい二重顎《にじゅうあご》を、眺めていた。

時子は、片輪者の、その眼つきの意味を読むことが出来た。それは今のような場合には、彼女がもう一歩進めばなくなってしまうものであったが、例えば彼女が彼の側で針仕事をしていると、片輪者が所在なさに、じっと一つ空間を見つめているような時、この眼色は一そう深みを加えて、ある苦悶を現わすのであった。

視覚と触覚のほかの五官をことごとく失ってしまった廃人は、生来読書慾など持ち合わせなかった猪武者《いのししむしゃ》であったが、それが衝戟《しょうげき》のために頭が鈍くなってからは、一そう文字と絶縁してしまって、今はただ、動物と同様に物質的な慾望のほかにはなんの慰《なぐさ》むるところもない身の上であった。だが、そのまるで暗黒地獄のようなどろどろの生活のうちにも、ふと、常人であった頃教え込まれた軍隊式な倫理観が、彼の鈍い頭をもかすめ通ることがあって、それと片輪者であるがゆえに一そう敏感になった情慾とが、彼の心中でたたかい、彼の目に不思議な苦悶の影をやどすものに相違ない。時子はそんなふうに解釈していた。

時子は、無力な者の目に浮かぶ、おどおどした苦悶の表情を見ることは、そんなに嫌いではなかった。彼女は一方ではひどい泣き虫の癖に、妙に弱い者いじめの嗜好《しこう》を持っていたのだ。それに、この哀れな片輪者の苦悶は、彼女の飽くことのない刺戟物《しげきぶつ》でさえあった。今も彼女は相手の心持をいたわるどころではなく、反対に、のしかかるように異常に敏感になっている不具者の情慾に迫って行くのであった。

×　×　×

えたいの知れぬ悪夢にうなされて、ひどい叫び声を立てたかと思うと、時子はびっしょり寝汗をかいて目を覚ました。

枕元のランプの火屋《ほや》に妙な形の油煙がたまって、細めた芯《しん》がジジジジと鳴いていた。部屋の中が天井も壁も変に橙色《だいだい》に霞《かす》んで見え、隣に寝ている夫の顔が、ひッつりのところが燈影に反射して、やっぱり橙色にてらてらと光っている。今の唸《うな》り声が聞こえたはずもないのだけれど、彼の両眼はぱっちりと開いて、じっと天井を見つめていた。

机の上の枕時計を見ると、一時を少し過ぎていた。

恐らくそれが悪夢の原因をなしたのであろうけれど、時子は目が覚めるとすぐ、身体に或る不快をおぼえたが、やや寝ぼけた形で、その不快をはっきり感じる前に、なんだか変だとは思いながら、ふと、別の事を、さいぜんの異様な遊戯の有様を幻のように目に浮かべていた。そこには、きりきりと廻る、生きた独楽のような肉塊があった。そして、肥え太った、脂ぎった三十女の不様な身体があった。それがまるで地獄絵みたいに、もつれ合っているのだ。なんといういまわしさ、醜さであろう。だが、そのいまわしさ、醜さが、どんなほかの対象よりも、麻薬のように彼女の情慾をそそり、彼女の神経をしびれさせる力をもっていようとは、三十年の半生を通じて、彼女のかつて想像だもしなかったところである。

「あああああ」

時子はじっと彼女の胸を抱きしめながら、咏嘆《ためいき》ともうめきともつかぬ声を立てて、毀《こわ》れかかった人形のような、夫の寝姿を眺めるのであった。

この時、彼女は初めて、目覚めてからの肉体的な不快の原因を悟った。そして「いつもとは少し早過ぎるようだ」と思いながら、床《とこ》を出て、梯子段を降りて行った。

再び床にはいって、夫の顔を眺めると、彼は依然として、彼女の方をふり向きもしないで、天井を見入っているのだ。

「又考えているのだわ」

眼のほかには、なんの意志を発表する器官をも持たない一人の人間が、じっと一つ所を見据えている様子は、こんな真夜半などには、ふと彼女に不気味な感じを与えた。どうせ鈍くなった頭だとは思いながらも、このような極端な不具者の頭の中には、彼女たちとは違った、もっと別の世界が開けて来ているのかも知れない。彼は、今その別世界を、ああしてさまよっているのかも知れない。などと考えると、ぞッとした。

彼女は目がさえて眠れなかった。頭の芯に、ドドドドドと音を立てて、焰《ほのお》が渦まいているような感じがしていた。そして、無闇と、いろいろな妄想が浮かんでは消えた。その中には、彼女の生活をこのように一変させてしまったところの三年以前の出来事が織り混ぜられていた。

夫が負傷して内地に送り還されるという報知を受取った時には、先《ま》ず戦死でなくてよかったと思った。その頃はまだつき合っていた、同僚の奥様たちから、あなたはお仕合《しあわ》せだとうらやまれさえした。間もなく新聞に、夫の華々しい戦功が書き立てられた。同時に、彼の負傷の程度が可なり甚《はなは》だしいものであることを知ったけれど、むろんこれほどのこととは想像もしていなかった。

彼女は衛戍《えいじゅ》病院へ、夫に会いに行った時のことを、恐らく一生涯忘れないであろう。まっ白なシーツの中から、無残に傷ついた、夫の顔が、ぼんやりと彼女の方を眺めていた。医員にむずかしい術語のまじった言葉で、負傷のために、耳が聞こえなくなり、発声機能に妙な故障を生じて、口さえきけなくなっていると聞かされた時、すでに彼女は目をまっ赤にして、しきりに鼻をかんでいた。そのあとにどんな恐ろしいものが待ち構えていたかも知らないで。

いかめしい医員であったが、さすがに気の毒そうな顔をして「驚いてはいけませんよ」と云いながら、そっと白いシーツをまくって見せてくれた。そこには、悪夢の中のお化《ばけ》みたいに、手のあるべき所に手が、足のあるべき所に足が、まったく見えないで、繃帯《ほうたい》のために丸くなった胴体ばかりが不気味に横たわっていた。それはまるで生《い》命《のち》のない石膏《せっこう》細工の胸像をベッドに横たえた感じであった。

彼女はクラクラッと、目まいのようなものを感じて、ベッドの脚のところへうずくまってしまった。

ほんとうに悲しくなって、人目もかまわず、声を上げて泣き出したのは、医員や看護婦に別室へ連れて来られてからであった。彼女はそこの薄よごれたテーブルの上に、長いあいだ泣き伏していた。

「ほんとうに奇蹟《きせき》ですよ。両手両足を失った負傷者は須永中尉ばかりではありませんが、皆生命を取りとめることは出来なんだのです。実に奇蹟です。これはまったく軍医正殿と北村《きたむら》博士の驚くべき技術の結果なのですよ、恐らくどの国の衛戍病院にも、こんな実例はありますまいよ」

医員は、泣き伏した時子の耳元で、慰めるように、そんなことを云っていた。「奇蹟」という喜んでいいのか悲しんでいいのかわからない言葉が、幾度も幾度も繰り返された。

新聞紙が須永鬼中尉の赫々《かくかく》たる武勲《ぶくん》はもちろん、この外科医術上の奇蹟的事実について書き立てたことは云うまでもなかった。

夢の間に半年ばかり過ぎ去ってしまった。上官や同僚の軍人たちがつき添って、須永の生きたむくろが家に運ばれると、ほとんど同時ぐらいに彼の四肢《しし》の代償として、功五級の金鵄《きんし》勲章が授けられた。時子が不具者の介抱に涙を流している時、世の中は凱旋《がいせん》祝いで大騒ぎをやっていた。彼女のところへも、親戚や知人や町内の人々から、名誉、名誉という言葉が、雨のように降り込んで来た。

間もなく、わずかの年金では暮しのおぼつかなかった彼女たちは、戦地での上長官であった鷲尾少将の好意にあまえて、その邸内の離れ座敷を無賃で貸してもらって住むことになった。田舎にひっ込んだせいもあったけれど、その頃から彼女たちの生活はガラリと淋しいものになってしまった。凱旋騒ぎの熱がさめて世間も淋しくなっていた。もう誰も以前のようには彼女たちを見舞わなくなった。月日がたつにつれて、戦捷《せんしょう》の興奮もしずまり、それにつれて、戦争の功労者たちへの感謝の情もうすらいで行った。須永中尉のことなど、もう誰も口にするものはなかった。

夫の親戚たちも、不具者を気味わるがってか、物質的な援助を恐れてか、ほとんど、彼女の家に足踏みしなくなった。彼女の側にも、両親はなく、兄妹たちは皆薄情者であった。哀れな不具者とその貞節な妻は、世間から切り離されたように、田舎の一軒家でポッツリと生存していた。そこの二階の六畳は、二人にとって唯一の世界であった。しかも、その一人は耳も聞こえず、口もきけず、起居もまったく不自由な土人形のような人間であったのだ。

廃人は、別世界の人類が、突然この世にほうり出されたように、まるで違ってしまった生活様式に面くらっているらしく、健康を回復してからでも、しばらくのあいだは、ボンヤリしたまま身動きもせず仰臥《ぎょうが》していた。そして時をかまわず、ウトウトと睡《ねむ》っていた。

時子の思いつきで、鉛筆の口書きによる会話を取かわすようになった時、先ず第一に廃人が、そこに書いた言葉は「シンブン」「クンショウ」の二つであった。「シンブン」というのは、彼の武勲を大きく書き立てた戦争当時の新聞記事の切抜きのことで、「クンショウ」と云うのは云うまでもなく例の金鵄勲章のことであった。彼が意識を取り戻した時、鷲尾少将が第一番に彼の目の先につきつけたものはその二《ふ》た品であったが、廃人はそれを覚えていたのだ。

廃人はそれからも度々同じ言葉を書いて、その二た品を要求し、時子がそれらを彼の前で持っていてやると、いつまでもいつまでも、眺めつくしていた。彼が新聞記事を繰り返し読む時などは、時子は手のしびれて来るのを我慢しながら、なんだかばかばかしいような気持で、夫のさも満足そうな眼つきを眺めていた。

だが、彼女が「名誉」を軽蔑《けいべつ》し始めたよりはずいぶん遅れてではあったけれど、廃人もまた「名誉」に飽き飽きしてしまったように見えた。彼はもう以前みたいに、かの二た品を要求しなくなった。そして、あとに残ったものは、不具者なるが故に、病的に烈しい肉体上の慾望ばかりであった。彼は回復期の胃腸病患者みたいに、ガツガツと食物を要求し、時を選ばず彼女の肉体を要求した。時子がそれに応じない時には、彼は偉大なる肉独楽となって気違いのように畳の上を這いまわった。

時子は最初のあいだ、それがなんだか空恐ろしく、いとわしかったが、やがて、月日がたつにしたがって、彼女もまた、徐々に肉慾の餓鬼となりはてて行った。野中の一軒家にとじ籠《こ》められ、行末になんの望みも失った、ほとんど無智と云ってもよかった二人の男女にとっては、それが生活のすべてであった。動物園の檻《おり》の中で一生を暮らす、二匹のけだもののように。

そんなふうであったから、時子が彼女の夫を、思うがままに自由自在にもてあそぶことの出来る、一個の大きな玩具《がんぐ》と見なすに至ったのは、まことに当然であった。又、不具者の恥知らずな行為に感化された彼女が、常人に比べてさえ丈夫丈夫していた彼女が、今では不具者を困らせるほども、飽くなきものとなり果てたのも、至極当り前のことであった。

彼女は時々気狂いになるのではないかと思った。自分のどこに、こんないまわしい感情がひそんでいたのかと、あきれ果てて身ぶるいすることがあった。

物も云えないし、こちらの言葉も聞こえない、自分では自由に動くことさえ出来ない、この奇しく哀れな一個の道具が、決して木や土で出来たものではなく、喜怒哀楽を持った生きものであるという点が、限りなき魅力となった。その上、たった一つの表情器官であるつぶらな両眼が、彼女の飽くなき要求に対して、或る時はさも悲しげに、或る時はさも腹立たしげに物を云う。しかも、いくら悲しくとも、涙を流すほかには、それを拭《ぬぐ》うすべもなく、いくら腹立たしくとも、彼女を威嚇《いかく》する腕力もなく、ついには彼女の圧倒的な誘惑に耐えかねて、彼もまた異常な病的昂奮におちいってしまうのだが、このまったく無力な生きものを、相手の意にさからって責めさいなむことが、彼女にとっては、もう此の上もない愉悦《ゆえつ》とさえなっていたのである。

× × ×

時子のふさいだまぶたの中には、それらの三年間の出来事が、その激情的な場面だけが、切れ切れに、次から次と二重にも三重にもなって、現われては消えて行くのだった。この切れ切れの記憶が、非常な鮮やかさで、まぶたの内がわに映画のように現われたり消えたりするのは、彼女の身体に異状があるごとに、必ず起る現象であった。そして、この現象が起る時には、きっと、彼女の野性が一そうあらあらしくなり、気の毒な不具者を責めさいなむことが一そう烈しくなるのを常とした。彼女自身それを意識さえしているのだけれど、身内に湧き上がる兇暴《きょうぼう》な力は、彼女の意志をもってしては、どうすることも出来ないのである。

ふと気がつくと、部屋の中が、ちょうど彼女の幻と同じに、もやに包まれたように暗くなって行く感じがした。幻の外にもう一重幻があって、その外の方の幻が今消えて行こうとしているような気持であった。それが神経のたかぶった彼女を怖がらせ、ハッと胸の鼓動が烈しくなった。だが、よく考えて見ると、なんでもないことだった。彼女は蒲団から乗り出して、枕下のランプの芯をひねった。それは細めておいた芯が尽きて、燈火が消えかかっていたのである。

部屋の中がパッと明るくなった。だが、それがやっぱり橙色にかすんでいるのが少しばかり、変な感じであった。時子はその光線で、思い出したように夫の寝顔を覗いて見た。彼は依然として、少しも形を変えないで、天井の同じ所を見つめている。

「まあ、いつまで考えごとをしているのだろう」彼女はいくらか、不気味でもあったが、それよりも、見る影もない片輪者のくせに、独りで仔細らしく物思いに耽っている様子が、ひどく憎々しく思われた。そして、又しても、ムズ痒《がゆ》く、例の残虐性が彼女の身内に湧き起って来るのだった。

彼女は、非常に突然、夫の蒲団の上に飛びかかって行った。そしていきなり、相手の肩を抱いて、烈しくゆすぶり始めた。

余りにそれが唐突であったものだから、廃人は身体全体で、ビクンと驚いた。そして、その次には、強い叱責《しっせき》のまなざしで、彼女を睨《にら》みつけるのであった。

「怒ったの？　なんだい、その目」

時子はそんなことを呶鳴《どな》りながら、夫にいどみかかって行った。わざと相手の眼を見ないようにして、いつもの遊戯を求めて行った。

「怒ったって駄目よ。あんたは、私の思うままなんだもの」

だが、彼女がどんな手段をつくしても、その時に限って廃人はいつものように彼の方から妥協して来る様子はなかった。さっきから、じっと天井を見つめて考えていたことがそれであったのか、又は単に女房のえて勝手な振舞いが癇にさわったのか、いつまでもいつまでも、大きな目を飛び出すばかりにいからして、刺すように時子の顔を見据えていた。

「なんだい、こんな目」

彼女は叫びながら、両手を、相手の目に当てがった。そして、「なんだい」「なんだい」と気違いみたいに叫びつづけた。病的な興奮が、彼女を無感覚にした。両手の指にどれほどの暴力が加わったかさえ、ほとんど意識していなかった。

ハッと夢から醒《さ》めたように、気がつくと、彼女の下で、廃人が躍《おど》り狂っていた。胴体だけとは云え、非常な力で、死にもの狂いに躍るものだから、重い彼女がはね飛ばされたほどであった。不思議なことには、廃人の両眼からまっ赤な血が吹き出して、ひっつりの顔全体が、ゆでだこみたいに上気していた。

時子はその時、すべてのことをハッキリ意識した。彼女は無残にも、彼女の夫のたった一つ残っていた、外界との窓を、夢中に傷つけてしまったのである。

だが、それは決して夢中の過失とは云いきれなかった。彼女自身それを知っていた。一ばんハッキリしているのは、彼女は夫の物云う両眼を、彼らが安易なけものになりきるのに、はなはだしく邪魔っけだと感じていたことだ。時たまそこに浮かび上がって来る正義の観念とも云うべきものを、憎々しく感じていたことだ。のみならず、その眼のうちには、憎々しく邪魔っけであるばかりでなく、もっと別なもの、もっと不気味で恐ろしい何物かさえ感じられたのである。

しかし、それは嘘だ。彼女の心の奥の奥には、もっと違った、もっと恐ろしい考えが存在していなかったであろうか。彼女は、彼女の夫をほんとうの生きた屍《しかばね》にしてしまいたかったのではないか。完全な肉独楽に化してしまいたかったのではないか。胴体だけの触覚のほかには、五官をまったく失った一個の生きものにしてしまいたかったのではないか。そして、彼女の飽くなき残虐性を、真底《しんそこ》から満足させたかったのではないか。不具者の全身のうちで、目だけがわずかに人間のおもかげを留めていた。それが残っていては、何かしら完全でないような気がしたのだ。ほんとうの彼女の肉独楽ではないような気がしたのだ。

このような考えが、一秒間に、時子の頭の中を通り過ぎた。「ギャッ」というような叫び声を立てたかと思うと、躍り狂っている肉塊をそのままにして、転がるように階段を駈けおり、跣足《はだし》のままで暗闇の外へ走り出した。彼女は悪夢の中で恐ろしいものに追い駈けられてでもいる感じで、夢中に走りつづけた。裏門を出て、村道を右手へ、でも、行く先が三丁ほど隔った医者の家であることは意識していた。

×　　×　　×

頼みに頼んで、やっと医者をひっぱって来た時には、肉塊はさっきと同じ烈しさで躍り狂っていた。村の医者は、噂《うわさ》には聞いたけれど、まだ実物を見たことがなかったので、片輪者の不気味さに胆《きも》をつぶしてしまって、時子が物のはずみでこんな椿事《ちんじ》を惹《ひ》き起した旨を、くどくど弁解するのも、よくは耳にはいらぬ様子であった。彼は痛み止めの注射と、傷の手当てをしてしまうと、大急ぎで帰って行った。

負傷者がやっと藻掻《もが》きやんだ頃、しらじらと、夜があけた。

時子は負傷者の胸をさすってやりながら、ボロボロと涙をこぼし、「すみません」「すみません」と云いつづけていた。肉塊は負傷のために発熱したらしく、顔が赤くはれ上がって、胸は烈しく鼓動していた。

時子は終日病人のそばを離れなかった。食事さえしなかった。そして、病人の頭と胸に当てた濡《ぬ》れタオルを、ひっきりなしに絞り換えたり、気違いめいた長たらしい詫《わ》び言《ごと》をつぶやいて見たり、病人の胸に指先で「ユルシテ」と幾度も幾度も書いて見たり、悲しさと罪の意識に、時間のたつのを忘れてしまっていた。

×　　×　　×

夕方になって、病人はいくらか熱もひき、息づかいも楽になった。時子は、病人の意識がもう常態に復したに相違ないと思ったので、あらためて、彼の胸の皮膚の上に、一字一字ハッキリと「ユルシテ」と書いて、反応を見た。だが、肉塊は、なんの返事もしなかった。眼を失ったとは云え、首を振るとか、笑顔を作るとか、何かの方法で彼女の文字に答えられぬはずはなかったのに、肉塊は身動きもせず、表情も変えないのだ。息づかいの様子では睡っているとも考えられなかった。皮膚に書いた文字を理解する力さえ失ったのか、それとも、憤怒《ふんぬ》のあまり、沈黙をつづけているのか、まるでわからない。それは今や、一個のフワフワした、暖かい物質でしかなかったのだ。

時子はそのなんとも形容の出来ぬ、静止の肉塊を見つめているうちに、生れてかつて経験したことのない、真底からの恐ろしさに、ワナワナと震え出さないではいられなかった。

そこに横たわっているものは一個の生きものに相違なかった。彼は肺臓も胃袋も持っているのだ。それだのに、彼は物を見ることが出来ない。音を聞くことが出来ない。一言も口がきけない。何かを掴むべき手もなく、立ち上がるべき足もない。彼にとっては、この世界は永遠の静止であり、不断の沈黙であり、果てしなき暗闇である。かつて何人《なんぴと》がかかる恐怖の世界を想像し得たであろう。そこに住む者の心持は何に比べることが出来るだろう。彼は定めし「助けてくれエー」と声を限りに呼ばわりたいであろう。どんな薄明かりでもかまわぬ、物の姿を見たいであろう。どんなかすかな音でもかまわぬ、物の響きを聞きたいであろう。何物かにすがり、何物かを、ひしと掴みたいであろう。だが、彼にはそのどれもが、まったく不可能なのである。地獄だ。

地獄だ。

時子は、いきなりワッと声を立てて泣き出した。そして、取り返しのつかぬ罪業《ざいごう》と、救われぬ悲愁に、子供のようにすすり上げながら、ただ人が見たくて、世の常の姿を備えた人間が見たくて、哀れな夫を置き去りに、母屋の鷲尾家へ駆けつけたのであった。

烈しい嗚咽《おえつ》のために聞き取りにくい、長々しい彼女の懺悔《ざんげ》を、黙って聞き終った鷲尾老少将は、余りのことにしばらくは言葉も出なかったが、

「ともかく、須永中尉をお見舞いしよう」

やがて彼は憮然《ぶぜん》として云った。

もう夜にはいっていたので、老人のために提燈《ちょうちん》が用意された。二人は、暗闇の草原を、おのおの物思いに沈みながら、黙り返って離れ座敷へたどった。

「誰もいないよ。どうしたのじゃ」

先になってそこの二階に上がって行った老人が、びっくりして云った。

「いいえ、その床の中でございますの」

時子は、老人を追い越して、さっきまで夫の横たわっていた蒲団のところへ行って見た。だが、実に変てこなことが起ったのだ。そこはもぬけの殻《から》になっていた。

「まあ……」

と云ったきり、彼女は茫然《ぼうぜん》と立ちつくしていた。

「あの不自由な身体で、まさかこの家を出ることは出来まい。家の中を探して見なくては」

やっとしてから、老少将が促すように云った。二人は階上階下を隈《くま》なく探しまわった。だが、不具者の影はどこにも見えなかったばかりか、かえってその代りに、ある恐ろしいものが発見されたのだ。

「まあ、これなんでございましょう」

時子は、さっきまで不具者の寝ていた枕下の所の柱を見つめて云った。

そこには鉛筆で、よほど考えないでは読めぬような、子供のいたずら書きみたいなものが、おぼつかなげに記されていた。

「ユルス」

時子はそれを「許す」と読み得た時、ハッとすべての事情がわかってしまったように思った。不具者は、動かぬ身体を引きずって、机の上の鉛筆を口で探して、彼にしてはそれがどれほどの苦心であったか、わずか片仮名三字の書置きを残すことが出来たのである。

「自殺をしたのかも知れませんわ」

彼女はオドオドと老人の顔を眺めて、色を失った唇を震わせながら云った。

鷲尾家に急が報ぜられ、召使たちが手に手に提燈を持って、母屋と離れ座敷のあいだの雑草の庭に集まった。

そして手分けをして、庭内のあちこちと、闇夜の捜索が始められた。

時子は、鷲尾老人のあとについて、彼の振りかざす提燈の、淡い光をたよりに、ひどい胸騒ぎを感じながら歩いていた。あの柱には「許す」と書いてあった。あれは彼女が先に不具者の胸に「ユルシテ」と書いた言葉の返事に相違ない。彼は「私は死ぬ。けれど、お前の行為に立腹してではないのだよ。安心おし」と云っているのだ。

この寛大さが一そう彼女の胸を痛くした。彼女は、あの手足のない不具者が、まともに降りることは出来ないで、全身で梯子段を一段一段転がり落ちなければならなかったことを思うと、悲しさと怖ろしさに、総毛立つようであった。

しばらく歩いているうちに、彼女はふと或ることに思い当った。そして、ソッと老人に囁《ささや》いた。

「この少し先に、古井戸がございましたわね」

「ウン」

老将軍はただ肯《うなず》いたばかりで、その方へ進んで行った。

提燈の光は、空漠《くうばく》たる闇の中を、方《ほう》一間ほど薄ぼんやりと明るくするに過ぎなかった。

「古井戸はこの辺にあったが」

鷲尾老人は独り言を云いながら、提燈を振りかざし、出来るだけ遠くの方を見きわめようとした。

その時、時子はふと何かの予感に襲われて、立ち止まった。耳をすますと、どこやらで、蛇が草を分けて走っているような、かすかな音がしていた。

彼女も老人も、ほとんど同時にそれを見た。そして、彼女はもちろん、老将軍さえもが、あまりの恐ろしさに、釘《くぎ》づけにされたように、そこに立ちすくんでしまった。

提燈の火のやっと届くか届かぬかの、薄くらがりに、生い茂る雑草のあいだを、まっ黒な一物が、のろのろとうごめいていた。その物は、不気味な爬虫類《はちゅうるい》の恰好で、かま首をもたげてじっと前方を窺《うかが》い、押し黙って、胴体を波のようにうねらせ、胴体の四隅についた瘤《こぶ》みたいな突起物で、もがくように地面を掻きながら、極度にあせっているのだけれど、気持ばかりで身体が云うことを聞かぬといった感じで、ジリリジリリと前進していた。

やがて、もたげていた鎌首《かまくび》が、突然ガクンと下がって、眼界から消えた。今までよりはやや烈しい葉擦《はず》れの音がしたかと思うと、身体全体が、さかとんぼを打って、ズルズルと地面の中へ、引きずられるように、見えなくなってしまった。そして、遥かの地の底から、トボンと、鈍い水音が聞こえて来た。そこに、草に隠れて、古井戸の口があいていたのである。

二人はそれを見届けても、急にはそこへ駈け寄る元気もなく、放心したように、いつまでもいつまでも立ちつくしていた。

まことに変なことだけれど、そのあわただしい刹那《せつな》に、時子は、闇夜に一匹の芋虫が、何かの木の枯枝を這っていて、枝の先端のところへ来ると、不自由なわが身の重みで、ポトリと、下のまっくろな空間へ、底知れず落ちて行く光景を、ふと幻に描いていた。

（「新青年」昭和四年一月号）

『心理試験』解説

落合教幸

本書には、乱歩のデビュー作「二銭銅貨」から中期の「石榴」まで、七篇を集めた。本格探偵小説寄りの構成だが、異色作「芋虫」も収録している。

乱歩は大学を卒業してから専業作家となるまでに、いくつもの職業についている。二十代は職と住居を転々とする生活だった。

貿易会社に就職したが一年ほどでやめ、そのあとに就いた職業は、主なものだけでも、三重県鳥羽造船所の事務員、東京・団子坂で古本店自営、東京パックの編集、支那ソバ屋、東京市役所公吏、大阪時事新報記者、日本工人倶楽部書記長、ポマード製造業支配人、大阪で弁護士事務所の手伝い、大阪毎日新聞広告部員、といったものだったと乱歩は列挙している。

乱歩の回想によれば、二十ほどの職業についたというが、そのうちのひとつが東京文京区にある団子坂での古本屋経営だった。

古本屋「三人書房」は、乱歩と二人の弟が経営する書店だったが、そこには何人もの友人が出入りしていた。そういったなかで、乱歩は探偵小説の原案をつくっていたのだった。

古本屋は商売としてうまくいかなかったので、マンガ雑誌「東京パック」の編集を引き受けたり、支那ソバ屋の屋台を引いて歩いたりといった仕事もした。この団子坂時代には結婚もし、大正十年には子供も生まれるのだが、父親をたよって大阪で暮らすことになる。

そのころ雑誌「新青年」では、探偵小説の特集号を出していた。大正十年八月、十一年二月、七月、翻訳探偵小説を掲載した増刊を刊行している。特に三回目の増刊は充実したもので、延原謙《のぶはらけん》の訳したモリスンの長篇「十一の瓶」のほか、ポーの「盗まれた手紙」をはじめ二十ほどの短篇、馬場孤蝶《ばばこちょう》や小酒井不木《こさかいふぼく》の探偵小説に関する随筆といったものが収録されている。「私はこの増刊を数日座右から離すことができず、『盛んだなあ、盛んだなあ』とお題目のように呟きつづけたものである。長い間探偵小説が問題にされないことを歎いていた私には、この壮観はまるで夢のような感じがした」と乱歩は『探偵小説四十年』に書いている。

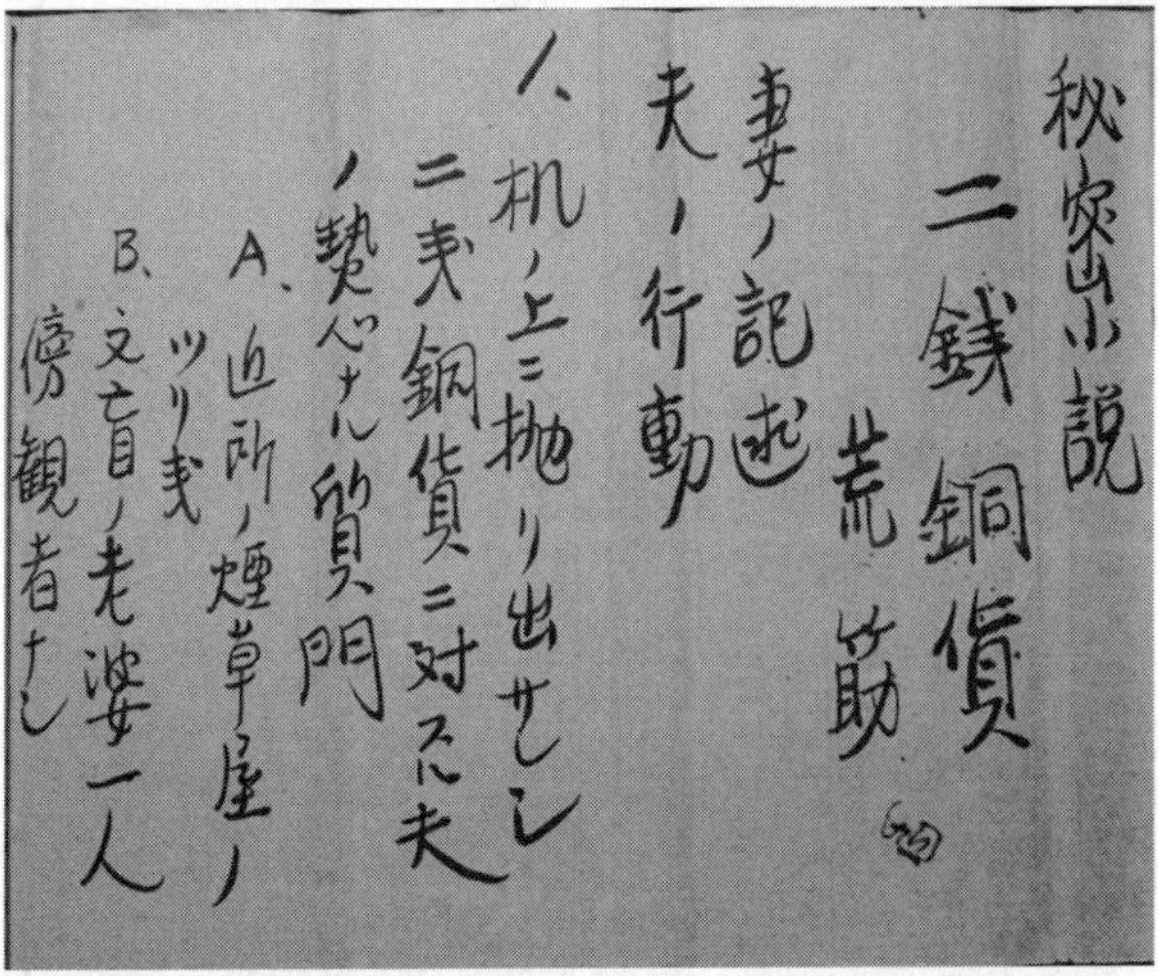
秘密小説
二銭銅貨
荒筋
妻ノ記述
夫ノ行動
ハ、机ノ上ニ抛リ出サレシ
二銭銅貨ニ対スル夫
ノ熱心ナル質問
A、近所ノ煙草屋ノ
ツリ銭
B、文盲ノ老婆一人
傍観者ナシ

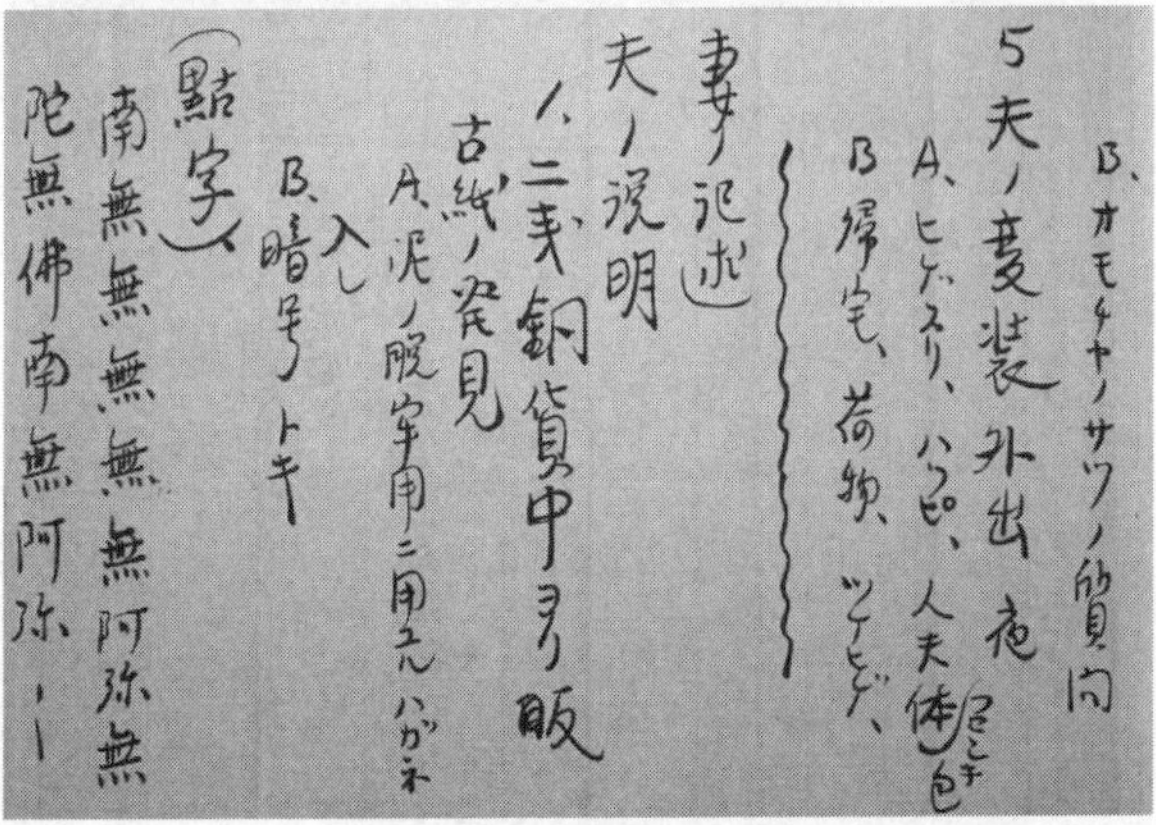
B、オモチャノサツノ質問
5 夫ノ変装外出 夜
A、ヒゲソリ、ハッピ、人夫体 色
B 帰宅、荷物、ツケヒゲ、
妻ノ記述
夫ノ説明
ハ、二銭銅貨中ヨリ販
古紙ノ発見
A、泥ノ腕守用ニ用フルハガネ
入レ
B、暗号トキ
（點字）
南無無無無無阿弥無
陀無佛南無阿弥・・

秘密小説二銭銅貨荒筋（大正九年五月十日）

乱歩はそれら三冊の増刊号を読み、探偵小説を書くことにしたのだった。大正十一年八月、「二銭銅貨」「一枚の切符」を書き始め、九月に書き上げている。

立教大学に寄託されている資料のなかに「二銭銅貨」に関するものもある。「二銭銅貨荒筋」は和紙を長くつないだもので、筆で構想が書かれている。

秘密小説　二銭銅貨　荒筋

妻ノ記述

夫ノ行動

1、机ノ上に抛リ出サレシ

二銭銅貨ニ対スル夫

ノ熱心ナル質問

A、近所ノ煙草屋ノ

ツリ銭

B、文盲ノ老婆一人

傍観者ナシ

こういったメモが続いている。

もうひとつが草稿で、こちらは電報の用紙の裏に、小説の冒頭が書かれている。このときの筆名は「江戸川藍峯」となっている。

この指環ですか、いつもこの指環については皆様に申上げることですが、一寸好奇的な御話があるのですよ。私共の今の身分では迚も及びもつかない様な、こんな指環をもってますと、なにか資産家のなれのはてとでも御思召すか知れませんが、ナニ別にそんな訳ではないのですよ。

これは「大正九年頃」とあるように、おそらく古本屋時代に書かれたものと思われる。十四枚の冒頭部分のみ書かれているが、夫と妻の会話になっていて、発表された小説とはかなり異なっている。「二銭銅貨」は、こういったものを元に、大正十一年にあらためて書かれたのだった。

書き上げた原稿は評論家の馬場孤蝶に送った。だが、三週間ほど待ったが返事がなかったので、原稿を送り返してほしいと再度手紙を書いた。馬場からは、多忙で読むことが出来なかったという詫び状と共に原稿が送り返され、それを読んだ乱歩は自分の失礼を反省したが、今度は「新青年」編集長森下雨村《もりしたうそん》に宛てて原稿を送る。

森下は小酒井不木にも意見を求め、その結果掲載が決まった。

「二銭銅貨」は小酒井不木の推薦文と共に「新青年」大正十二年四月号に掲載された。小酒井は「日本にも外国の知名の作家の塁を摩すべき探偵小説家のあることに、自分は限りない喜びを感じたのである」と書いた。ポーの「黄金虫」、ドイルの「踊る人形」などを挙げ、海外の探偵小説に匹敵する作品であると絶賛した。

「一枚の切符」は「新青年」七月号に掲載された。現在では「二銭銅貨」の蔭に隠れてしまっているが、乱歩自身は、書いたときには甲乙つけがたいと感じていたという。普通の小説的要素は乏しいが、謎解きとしては「一枚の切符」の方が複雑で読みごたえがあるというのが、乱歩の評価だった。

こうして作品は掲載されたが、まだこの時の乱歩には専業作家としてやっていくつもりはなかった。大正十二、十三年は勤めをしながらの執筆であったから、作品の数は少なかった。

そういった中で書かれたのが「二癈人」(「新青年」大正十三年六月号)で、四作目ということになる。これは「夢遊病者の死」（「苦楽」大正十四年七月号）と同じ題材を扱っているが、「二癈人」の方が好評だったと乱歩は書いている。

「あの作この作」（『世界探偵小説全集　江戸川乱歩集』跋文、のち「楽屋噺」と改題、平凡社『江戸川乱歩全集　第二巻』所収）でこの作品について解説するなかで、トリックについてこのように書いている。

探偵小説のトリックというものは、外国人が殆ど書き尽している。新しいつもりで考え出しても、結局誰かの使い古しである場合が多い。そこで、私はそれをさける為に一つの手段を思いついた。なるべく人の知っている様な、有名なトリックを、裏返して用いる手だ。それ故、トリックはありふれていればいる程好都合である。読者は、ハハア、又例のトリックかと分ったつもりで安心して読んでいる。そいつを、ヒョイとひっくり返す。すると、有名なトリックである丈けに、効果が大きいのだ。つまり、当時私が苦心して考えたのは、トリックをひっくり返す所の、もう一つのトリックについてであった。

すでに書かれたことのあるトリックを、別の方向から書くことで驚きをもたらす、

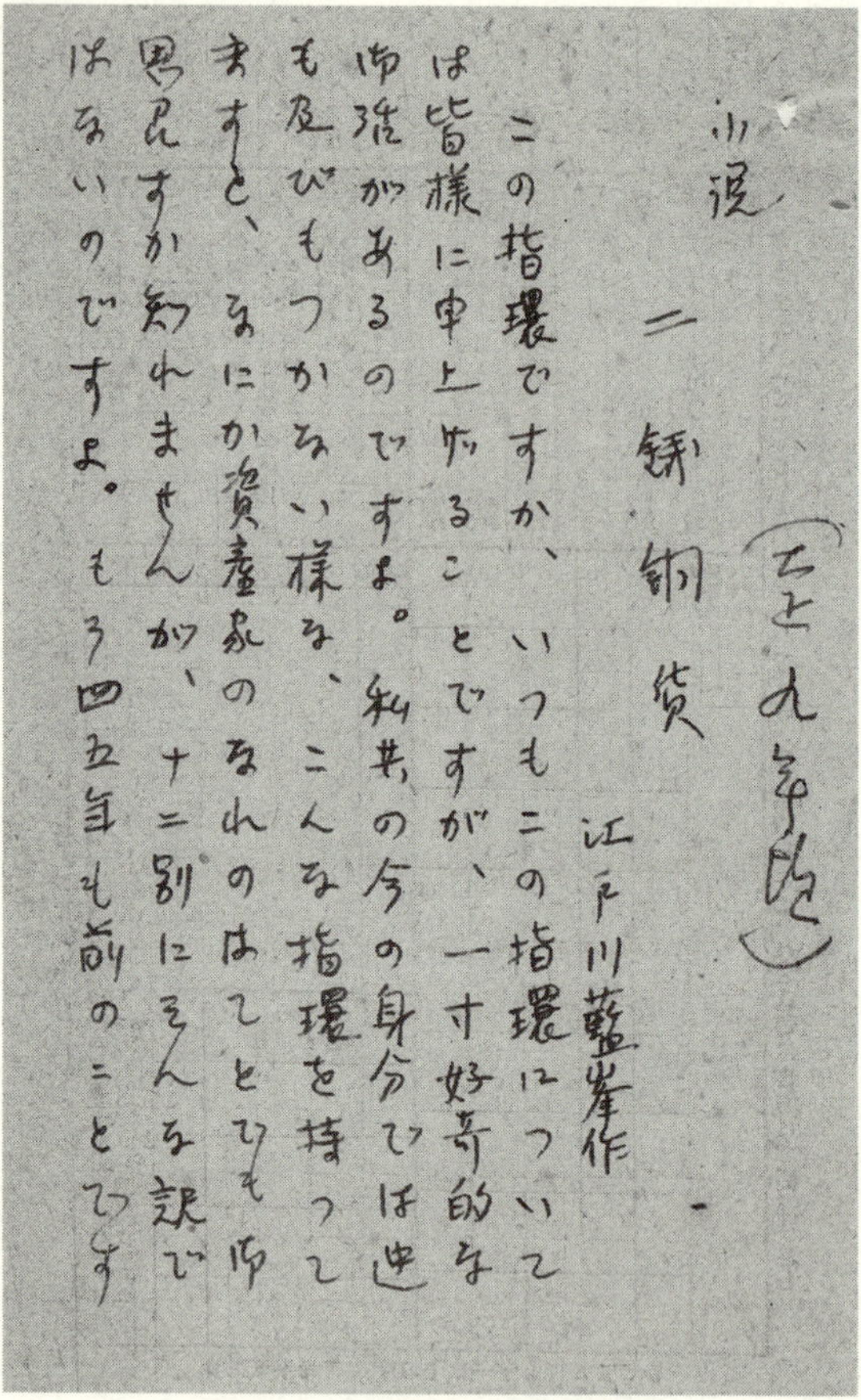

(大正九年頃)

小説

二銭銅貨

江戸川藍峯作

この指環ですか、いつもこの指環については皆様に申上げることですが、一寸好奇的な御話があるのですよ。私共の今の身分では迚も及びもつかない様な、こんな指環を持ってますと、なにか資産家のなれのはてとでも御思召すか知れませんが、ナニ別にそんな訳ではないのですよ。もう四五年も前のことです

小説　二銭銅貨　江戸川藍峯作
「二銭銅貨」の草稿（大正九年頃）

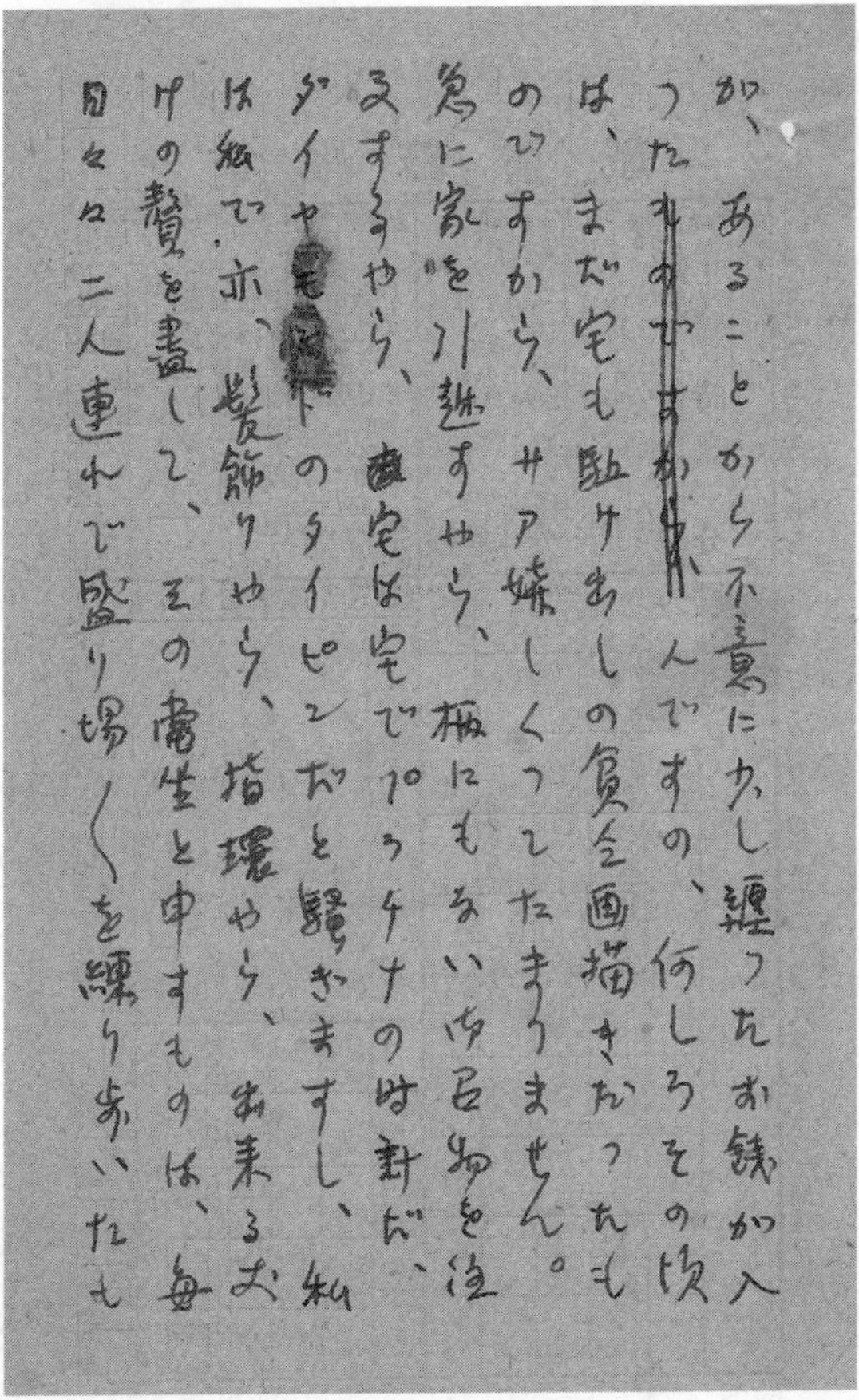
か、あることから不意に少し纏ったお銭が入
った人ですの、何しろその頃
は、まだ宅も駈け出しの貧乏画描きだったも
のですから、サア嬉しくってたまりません。
急に家を引越すやら、柄にもない奢品を注
文するやら、宅は宅でプラチナの時計だ、
ダイヤモンドのタイピンだと騒ぎますし、私
は私で亦、髪飾りやら、指環やら、出来るだ
けの贅を盡して、其の當座と申すものは、毎
日々々二人連れで盛り場々々を練り歩いたも

というのがこのとき乱歩が考えていたことだった。この方法へのこだわりは以後も続き、戦後には、より徹底したトリックの調査へと進む。『続・幻影城』に収録されている「類別トリック集成」はその到達点と言えるだろう。

そうしたトリックへの意識と共に、この「二癈人」については「おっとりとした会話小説の中に、夢遊病者の抱く恐怖を描こうとしたものである。」（河出書房『探偵小説名作全集1』解説、昭和三十一年）とも書いている。単にトリックの工夫だけを提示した小説ではないこともわかる。

大正十三年に「D坂の殺人事件」（「新青年」大正十四年一月増刊）を書き、自信をつけた乱歩は、専業作家の道を歩き始めた。「新青年」編集長の森下雨村は、乱歩に連続して短篇を書くことをすすめる。「心理試験」（大正十四年二月号）はその一作目ということになり、以下、「黒手組」「赤い部屋」「幽霊」「白昼夢」「指環」「屋根裏の散歩者」と続いた。

それまでに発表されたのはわずか五篇だったが、こうして大正十四年には十七編もの短篇が掲載されることになった。「新青年」以外にも活躍の場を広げている。「百面相役者」（大正十四年七月）も同じ年に書かれた。これは「写真報知」に二回

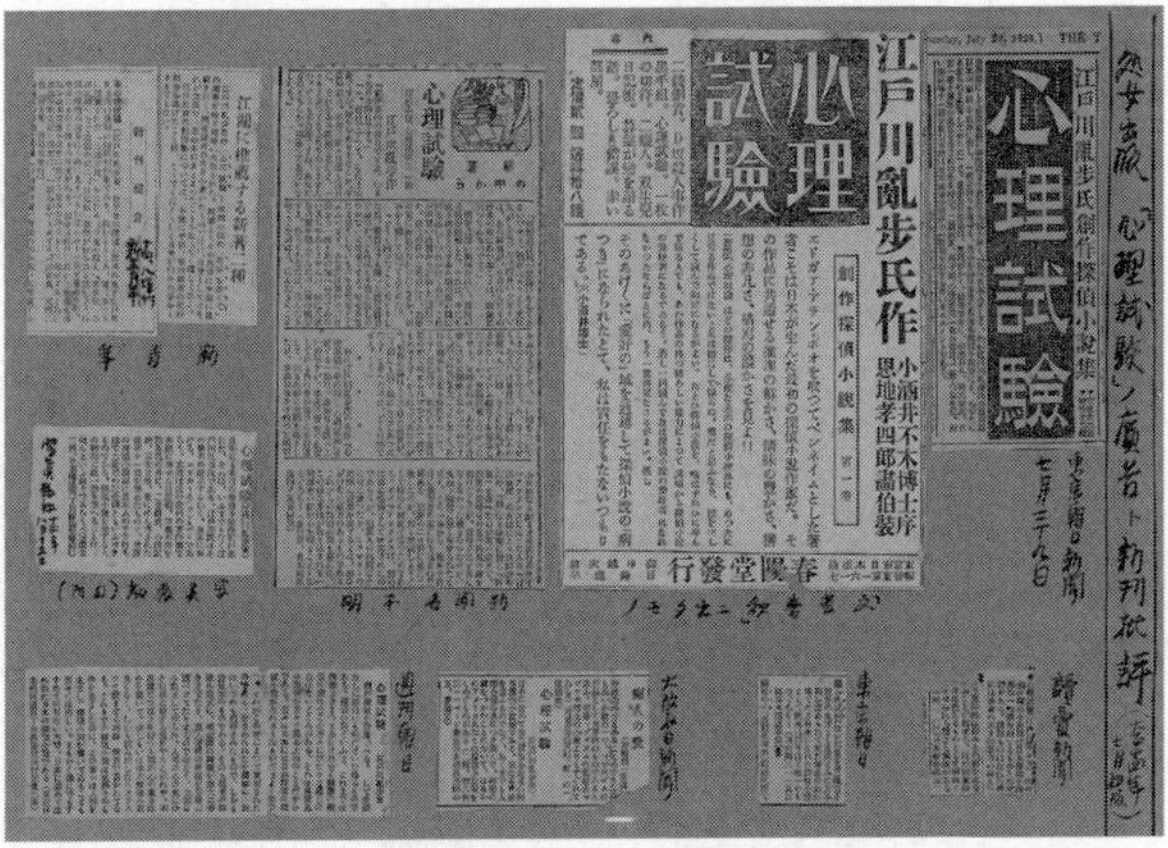

乱歩初の単行本『心理試験』（春陽堂）広告（「貼雑年譜」より）

にわたって掲載された。「写真報知」は報知新聞社から出ていた旬刊誌で、「算盤が恋を語る話」など、この年、乱歩の五つの短篇を載せた。「苦楽」には「夢遊病者の死」「人間椅子」を書いている。乱歩には多作の時期が何度かある。この大正十四年と翌十五年というのが、最初のそれであった。

しかし大正十五年（昭和元年）末から朝日新聞に連載した長篇「一寸法師」は思うように書けなかった。翌昭和二年にこの連載が終わると、乱歩は作品の発表をやめてしまう。乱歩は休筆を何度かおこなうことになるが、このときがその最初となった。

昭和三年「陰獣」で復帰すると、翌四年は「孤島の鬼」「蜘蛛男」の長篇を連載に取り組む。掲載されたのは、博文館の「朝日」、大日本雄弁会講談社の「講談倶楽部」で、どちらも大衆向けの読物雑誌であった。これがいわゆる通俗長篇へと向かう転機となった。

作品の質は大きく変化したが、この年もまた多作の年ということができる。長篇二作品に加えて、短篇の「芋虫」「押絵と旅する男」「虫」、中篇の「何者」という重要な作品が書かれた。

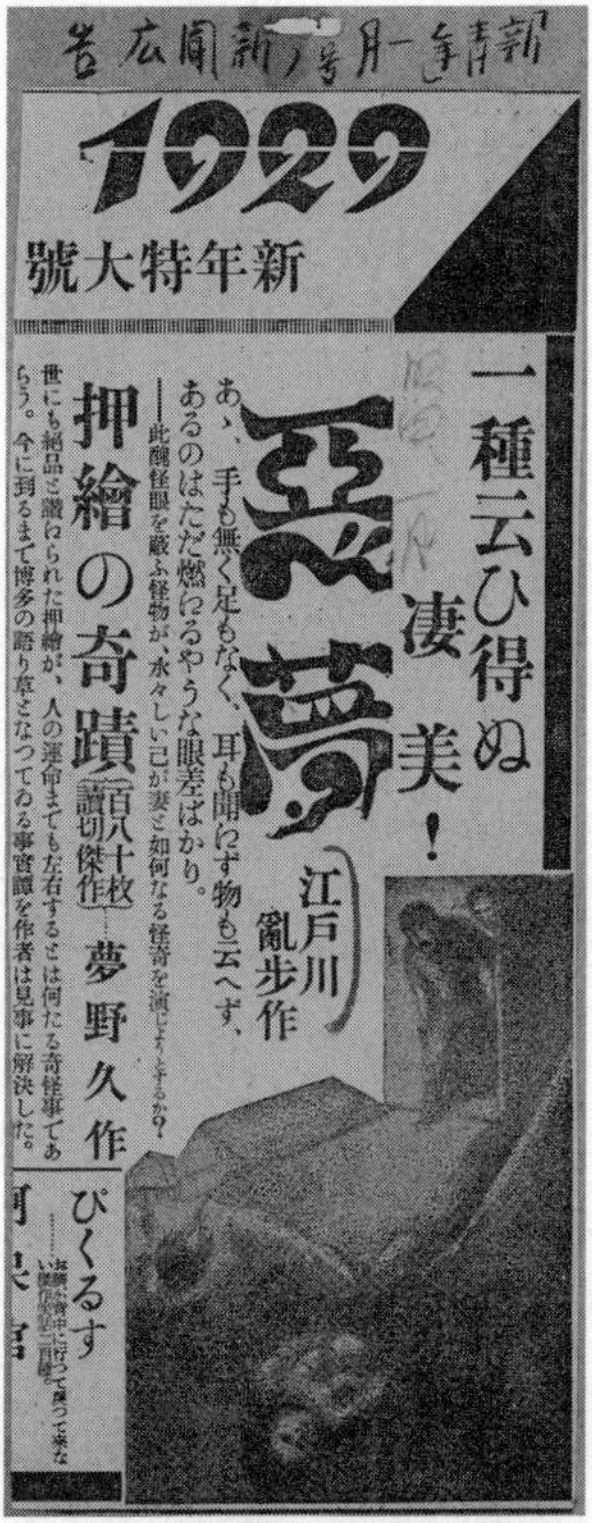

「悪夢」（「芋虫」）広告
（「貼雑年譜」より）

「芋虫」が発表されたのは、昭和四年一月号の「新青年」だった。この作品は「新青年」掲載時には「悪夢」と題されている。「改造」に発表する予定だったが、内容から「新青年」にまわすことになったと乱歩は書いている。エロティックな部分と政治的な部分を含んでいるので、すでに左翼的な雑誌として睨まれていた「改造」には載せにくかったようである。「新青年」でもこの作品は慎重にあつかわれ、雑誌掲載時にはかなりの部分が伏字になっている。

乱歩は昭和四年以降、講談社の大衆向け読物雑誌に長篇を書いていく。「魔術師」「黄金仮面」といった作品で、名探偵明智小五郎と犯罪者の闘いを描いていった。

昭和六年、平凡社から初の乱歩全集が刊行される。この全集の宣伝には乱歩自身も積極的にかかわった。当時連載していて、完結直後に全集に入る「黄金仮面」を大きくあつかった広告が、新聞などに出た。これによって乱歩の通俗的なイメージが出来上がっていく。

この平凡社の全集は乱歩にかなりの収入をもたらした。それによって第二の休筆期間に入ることができたのである。昭和七年三月に休筆を宣言した乱歩は、各地に旅などをして過ごした。

復帰したのは翌昭和八年末だった。翌九年、「妖虫」「人間豹」「黒蜥蜴」といった長編小説は、休載を挟みながらも書き進めて行くことができたが、最も重要視していた「新青年」に連載の「悪霊」がうまく行かず、途中で断念することになってしまう。「新青年」四月号に、乱歩は「悪霊についてのお詫び」を書き、連載を中止した。同号には横溝正史《よこみぞせいし》による批判も掲載され、乱歩をさらに苦しめることになった。

この昭和八年から十年前後にかけては、「探偵小説第二の山」ともいえる時期であったとも乱歩は書いている。この頃、夢野久作《ゆめのきゅうさく》や小栗虫太郎《おぐりむしたろう》、木々高太郎《きぎたかたろう》といった作家が活躍している。また、「ぷろふいる」を始め、多くの探偵雑誌が創刊され、単行本や選集・全集の類も刊行されている。

「石榴」（昭和九年九月）はそういった時期に書かれた作品だった。

昭和九年夏、乱歩は池袋に転居した。その前の家は芝区車町にあり、汽車、電車、自動車の騒音に耐えられず、静かな場所を求めての引越しだった。「貼雑年譜」によれば四十六番目の住居となっている。池袋は戦後次第に活気のある街へと変化していくが、結果的に乱歩は後半生をこの家で過ごすことになる。

転居したばかりの乱歩に「中央公論」から原稿の依頼が来る。締切までには一カ月ほどしかなかったが、これを引き受け、百十枚の作品を書き上げたのだった。

ベントリー「トレント最後の事件」を読んだ乱歩は、この趣向を自分なりにあつかった作品を書こうとしたのであった。乱歩は「トレント最後の事件」を「恋愛が『謎』の邪魔にならぬばかりか、寧ろ『謎』の魅力を幾倍にも強めるように、論理と感情が有機的にシックリ化合している探偵小説」であると評価している（『鬼の言葉』）。

「石榴」は大々的に宣伝された。「中央公論」が探偵小説を大きくあつかった広告を出したことは異例だった。

しかし、作品の評価はあまり良くなかった。『探偵小説四十年』に乱歩が集めた批評が引用されている。それらを見ると、探偵小説をあまり読まない人々からの反発が多く見られる。探偵小説界からはあまり批評がなかったが、木々高太郎は「石榴」を高く評価し、乱歩に直接それを述べた。

乱歩の分類では、「石榴」には三種類の批評があった。「一つは局外からの悪評、一つは古くからの同僚たちの黙殺乃至不評、一つは新しい作家や批評家による好評」とまとめている。

「石榴」は昭和十年十月、柳香書院から単行本が刊行される。造本も凝ったもので、「探偵小説十五年」（新潮社『江戸川乱歩選集』第四巻、昭和十四年）では「この本は

讀切!!長篇探偵小說
柘榴
江戸川亂歩
中央公論
賣切迫る!!
讀賣新聞
中央公論
現司法制度の刷新論 末川博
THE HOCHI SHIMBUN
第二次世界戰爭か?
戰爭と銀
柘榴
江戸川乱歩

「石榴」広告（「貼雑年譜」より）

私の百冊に近い著書の内で、現在でも最も気に入っているものである」と書いた。この本は、「石榴」「陰獣」「心理試験」を収録したもので、乱歩は「この三つが私の純探偵小説の代表的なものと考えたからである」と書いている。

なお、題名の表記については「柘榴とも書くが私は石榴のほうが正しいと教わっている」（桃源社『江戸川乱歩全集』あとがき）と乱歩は書いているので、「石榴」とした。

（立教大学江戸川乱歩記念大衆文化研究センター）

監修／落合教幸

協力／平井憲太郎
立教大学江戸川乱歩記念大衆文化研究センター

本書は、『江戸川乱歩全集』（春陽堂版 昭和29年～昭和30年刊）収録作品を底本としました。旧仮名づかいで書かれたものは、なるべく新仮名づかいに改め、著者の筆癖はそのままにしました。漢字は変更すると作品の雰囲気を損ねる字は正字体を採用しました。難読と思われる語句には、編集部が適宜、振り仮名を付けました。

本文中には、今日の観点からみると差別的、不適切な表現がありますが、作品発表当時の時代的背景、作品自体のもつ文学性、また著者がすでに故人であるという事情を鑑み、おおむね底本のとおりとしました。

説明が必要と思われる語句には、各作品の最終頁に注釈を付しました。

（編集部）

江戸川乱歩文庫
心理試験《しんりしけん》
著者　江戸川乱歩《えどがわらんぽ》

2015年11月30日　初版第1刷　発行

発行所　株式会社　春陽堂書店
103-0027　東京都中央区日本橋3-4-16
営業部　電話 03-3815-1666
編集部　電話 03-3271-0051
http://www.shun-yo-do.co.jp
発行者　和田佐知子

印刷・製本　恵友印刷株式会社

乱丁・落丁本は、ご面倒ですが小社営業部宛ご返送ください。
送料小社負担にてお取替えいたします。

ISBN978-4-394-30158-5　C0193

江戸川乱歩文庫

全巻ラインナップ

『陰獣』

『孤島の鬼』

『人間椅子』

『地獄の道化師』

『屋根裏の散歩者』

『黒蜥蜴』

『パノラマ島奇談』

『蜘蛛男』

『D坂の殺人事件』

『黄金仮面』

『月と手袋』

『化人幻戯』

『心理試験』